“青春文学人才计划”作家作品

鲁羊三篇

鲁　羊 / 著

南京出版传媒集团
南京出版社

图书在版编目（CIP）数据

鲁羊三篇 / 鲁羊著. -- 南京 : 南京出版社,
2019.1
ISBN 978-7-5533-2470-8

Ⅰ. ①鲁… Ⅱ. ①鲁… Ⅲ. ①短篇小说—小说集—中国—当代 Ⅳ. ①I247.7

中国版本图书馆CIP数据核字(2019)第004676号

书　　名： 鲁羊三篇
作　　者： 鲁　羊
出版发行： 南京出版传媒集团
南　京　出　版　社
社址：南京市太平门街53号　　邮编：210016
网址：http://www.njcbs.cn　　电子信箱：njcbs1988@163.com
天猫1店：https://njcbcmjtts.tmall.com　　天猫2店：https://nanjingchubanshets.tmall.com
联系电话：025-83283893、83283864（营销）　025-83112257（编务）

出 版 人： 项晓宁
出 品 人： 卢海鸣
策 划 人： 李　樯
责任编辑： 金　欣
装帧设计： 吴　倩
责任印制： 杨福彬

印　　刷： 南京新世纪联盟印务有限公司
开　　本： 889毫米 × 1194毫米　1/32
印　　张： 6
字　　数： 80千字
版　　次： 2019年1月第1版
印　　次： 2019年1月第1次印刷
书　　号： ISBN 978-7-5533-2470-8
定　　价： 49.80元

天猫1店　天猫2店

营销分类：文学　小说

目录

CONTENTS

001

九三年的后半夜

它们只能否定地说明他

而不能肯定地说明他

129

银色老虎

我愿意双手空空仅仅奔你而去

157

在北京奔跑

小说中女孩属蛇，可是我把这篇

关于她的小说献给两个属虎的人

185

后记

九三年的后半夜

它们只能否定地说明他
而不能肯定地说明他

·第一章·

1. 大柴垛

他们应该认为，其实有什么应该不应该呢，我是这个世纪末后十年内必然出现的白痴。屁股下面的大柴垛，高耸而不稳定，冷风从左耳朵进右耳朵出，或者掉转方向，反正白痴是必然出现的。光阴所剩无几，总得有个凭据，不然怎么讲话。转圆圈的蚂蚁和人，谁不觉得是向前，向未来的世纪呢。

大柴垛这么高，出其不意的寓言的底座，它这么高，我弄不清是怎么到达顶部的。在一种记忆里，我可能是自己爬上去的，冬天的大柴垛的顶部，有少许积雪，阴天和大风，我最后一次凭意志运动身躯，到达高处，为了看远处有什么，远处和近处有什么不同；而在另一种记忆里，我毫无反抗地被送上来。他们把我送到这样的高处，无非是不想让一个被遣还乡的白痴四处乱走，有碍观瞻。我理解这种心情，在顶部，对坠落的恐惧形成了围栏。他们利用着我的恐惧，管制我，这是显然的。像对付一个真正的白痴那样，狡猾地对付我。难道此刻端坐于大柴垛顶部进行种种智力活动，深不可测的研究和幻觉，一个在高处沉默的人，是白痴么。

要是九三年依然有它的冬季和冬季里阴冷神奇的后半夜，我只好坐在全国最高的大柴垛上，纵观夜色与曙光相混合的一望无际的极黑的平原。我坐在大柴垛的顶部，坚硬而又暗含弹性，微微拱起，不消说，我的村子在国家的中心位置，而大柴垛则进一步位于村子的中央。高得像平原腹地陡然升起的山峰。坐在四面无墙壁的被命定的房间，多扇门朝着不同方向被打开。曾经写过这种现象，并把朝着不同方向敞开的门，说成痛苦。我坐在大柴垛顶部无墙壁的房间里，当不同方向的门在同一瞬间被打开，夜风吹进来，充满有假想灯火的地方，又迅速远离灯火，从灯火中出去，进入另一端相对真实的夜色。我坐在夜风吹过的房间的中央，除了寒冷和痛感我别无依傍，面前没有桌子，也没有书籍。也许永远不会再有了。我是可怜的可耻的被多次毁容的孤坐者。我知道有些句型，会助长一个白痴通常拥有的双面否定的思维方式，即使重复使用，还是茫然无着。譬如说我既不抬头，也不低头，或者我的眼睛既不张开，也不曾紧闭等等。其实九三年的后半夜我就这么坐在大柴垛上，没有，也没有，既不也不或者既不也未曾。说下去，天气冷得可怕。前来围观和仅仅因好奇而驻足片刻的过路人，站在大柴垛下横七竖八的乡村道路之间，双脚沾着泥地，伸出手指往天戳。他们说，喊他也不睬，骂他，也不睬，还是个好人么。

他们把我送到位置上，白痴的位置，算不得新潮行为。他们活到某种特定时刻，就需要另一只眼睛来看世界。毒疮和痂盖之间的瞳孔。他们通常把那只眼睛安插到无表情的白痴的额上。也许另有重要的企图。哲人福柯曾经说，然而，他说然而这个世界正是参照疯态以确证自身的。他们在百步开外观察白痴的疯态，揣测那人违反常规的有血痕的内心话语，远远地，远离精神险境，却可以看到的危险。被伤害的鸟以断翅飞行。地面上无数走兽便得以确证么。在这样的行为中，只有一个环节是永远新颖的，那就是逼迫假想的白痴，使他竭尽全力为自己辩护。用语言或无声的记忆研究来清理道路，一条想象中通往白痴之路。逼迫与辩解，就成为新篇章诞生时必然在场的接生者的双手，左手和右手。

我坐着，物象简单而声音繁复，坐着就是人类和我的经典诗意。我坐着，暗中着手于无穷无尽的永远付诸东流或西流的，我坐着研究。我觉得九三年的后半夜，是这样一种时刻，人类或仅仅个人的真正境遇在此刻更深刻显示出来。无家可归者在此刻更加无家可归了，狂欢达到高潮，并且开始疲乏；街头巷尾站出来许多面孔和嘴巴的幻象，它们纷纷地说，我是流氓我怕谁，而且我比你更流氓。陷于工作的人已进入最深静谧。关于末日白痴的构想，脉络愈显分明，影子忽然穿破窗纸跳进空间之外的空间。野地里一切在此刻更加神秘，令人畏惧了。更早些的季节里，我把这种后半夜看法向几位朋友作了讲解。我的朋友无一例外，都是公开或隐蔽的抵抗者，他们英勇抵抗着从另一空间纷至沓来的回忆幻觉，这些人中间，谁能活过百岁大限呢。看法在他们那儿受到赞同，并得以多重发展。看法渐渐变成了带有神秘巫性的说法，就像某种荒唐预言，因流传过久而生效用。由看法到说法的转变大约经历四十天左右，时间一天天过去。直至此刻我坐着，身受一种大柴垛精神的鼓舞，对一切看法再作补充或推倒重来。让我们像才开始的时候一样，我说后半夜是明日灾祸的发源地，而且我说后半夜就是灾祸本身。来罢，让我们重新定义某些行经千年风尘仆仆的词汇，譬如“白痴”，以及他被动现身于其中的“末日”。

他们说，还是个好人么。关于这种天大的误会，我要做出圆满解释。我只有慢慢地解释，注意每一处抑扬顿挫，才能说服你。难题还在后面呢。我坐在大柴垛顶部，有假想灯火而没有灯火的地方，似乎掌握了依据。我面前没有桌子和书籍，也许再也没有了罢，伸手抓向虚空，缩回来，耽误一分钟，然后缓缓地向自己展示。我说过，我不是白痴。你为什么只能接受那种众口一词的判断呢。不一定所有的白痴都坐在大柴垛顶部，又怎么见得，大柴垛顶部的人就是你所寻找的白痴，你赖以确证自身的那种有四肢的疯态呢。其实你看到的，不是白痴，他只是被内心反复出现的毁容幻觉伤害了，丧失必要的表情注释，面部的，或语言的。

2. 梨和离

苏轼，苏轼呵——

苏轼在那一年整个夏季，满地苜蓿开着花，都听到有声音喊自己的名字。那些临死的人都喊我做什么呢，苏轼愤愤地想，因为前些天他听见聋婆婆的声音喊他，没过三天聋婆婆就死了。小表弟一直跟着聋婆婆过的，小表弟叫阿羊，才九岁，就搬到家里来了。周围的亲戚都说，苏轼走了家里也没个男孩，还是把阿羊接过来罢。他们都不说阿羊应该回自己的家，他父母的身边。其实阿羊的父母（我的姨父姨母）那年没有死，起码还没有像今天这样死得一个不剩。“苏轼，苏轼呵——”又有声音在喊他了，而且这么贴近，只隔着十几步的距离。阿羊此刻就在他的面前，呆立着，看上去又瘦又矮。齐人腿拐骨，他想，最多齐我腿拐骨。阿羊闭紧牙关，手臂下垂着没有抬起，手在膝盖处摸索个不停。苏轼的心转过弯跳起来。我伤着他了，我差点儿削了阿羊的脑门子。

“苏轼，苏轼呵——”被呼喊的人明天就要离开家乡去漆黑的地方，明媚的远方。阿羊站在面前，双脚不动，额头上有一个三角形的陷坑，惨白着，尚未流血。眼看就要流血了，他的鼻子嘴巴黏糊糊红成一片。苏轼惊讶地看见面前那个孩子，就像突然发现了那个孩子，从苜蓿地里蹦出来，指住自己说：“你想杀我么，你想杀我么。”西边的太阳正往下掉，离大地与视线构成的那条虚假边缘很近，苜蓿地像汪洋大海一般，在急速变幻的光影里纷纷纭纭地呈现着什么，由复杂走向简单，那边一半溢满了温暖而艳丽的粉红、橙黄和淡紫，这边一半是绿与黑的阴沉的混合。苏轼看看手里的刀：笔直的背，略带弧线的刃，锈蚀不堪的铁护手，刀尖上一滴血珠都没沾。苏轼看看这把刀，一扬手，扔到有许多色彩的那一半苜蓿地里。似乎听见切割草茎和泥块的声音，飞快传来，极缓慢地飞走。他转身撕下几张番葵叶，揉成团，塞到那个三角形的陷坑上，血还没有流出来呢，对阿羊说你快把手伸过来，按住，紧紧地按住千万别松开。又说别慌，额头上有个陷坑怕什么，反正还会长满的，你别哭，你看见那把刀么，你看见它落在什么地方，去捡回来，我说那把刀，多好看，它从此就是你的。苏轼心想，我明天要离开这里，我不会再要它了，那把刀，我用不着了。

“苏轼，苏轼呵——”他听出来，这一回是妹妹的喊声。妹妹端着铜盆，刚擦洗过的铜盆隐隐闪着亮光，铜盆里装着梨，站在门前的苦楝树下。他空着两手离开苜蓿地，向妹妹走过去。这么多梨，几年没吃过了，哪儿弄来的。爸从果园带回来，专为你明天路上准备的，吃了解渴，梨比桃比李水多些。妈呢，妈在哪儿。妈在厨房里，哭呢。怎么了。舍不得儿子出远门，又不好意思，就躲着哭呢。哭到现在么，天都快黑了。可不是，有小半天，一直哭个不停。

苏轼跟着妹妹，走过门前空地，进了顶东边的厨房。苏轼看见他的母亲已经哭好了，正用手巾擦脸。苏轼说，妈，我削梨给您吃吧。

假设苏轼就是我，我化身为苏轼，这种叙述的内容不变，谓语部分不变宾语部分及修饰语不变，让苏轼之外的主语也不变。只将苏轼这个虚假的姓名偷换或复原为我，叙述的语感氛围和具体情节会不会发生意料中的转移呢。我说，妈，我削梨给您吃吧。多么好，像亲身的回忆一样动人，我情愿一意孤行，站在主语的位子上，坐在句头，观察那些余韵无穷的句尾。妈，我说我削梨给您吃吧。

离开与蓉塘小镇一河之隔的村庄，离开井水和竹子，离开亲人的前夕，那个傍晚发生的事，又细小又锐利，现在是第二件。我扔掉长而且直的刀子，拿起一把短小的双刃水果刀，坐在厨房里削梨。我把一只翠绿的梨削得洁白无瑕，并很平均地切成几瓣。母亲的牙齿不太坚强，分成小瓣是我表达某种孝心的小伎俩。母亲见了，摇着双手说，苏轼苏轼呵我说过多少次，梨是不能分开吃的，老人们传下话来说梨就是离，分梨，分离呵。分梨就是分离，苏轼苏轼呵你想和家人里人分离么。其实我根本不信那一套，怕母亲着急，说妈您可别急，我再削个整的。

削第二个梨的时候，双刃果刀斜着劈进我左手食指的第二指节。锐角的伤口先惨白了片刻，便快速涌出许多鲜血。母亲说，苏轼苏轼呵，你怎么了。我愣了一下，笑着说："妈，没事的。"我使劲一甩左手，砖地上出现了很纷乱的血点子，鲜红然后发暗，转眼之间的事，发暗然后染上灰尘。我说，妈的，不要紧。

天擦黑时，我忽然头痛起来。那是我生平最重要的头痛，发生于脑部的剧烈疼痛，像根深蒂固的植物，忽然萌芽了，根深蒂固是后来的。或者不是萌芽，而是扯断，我脑部有一根脐带被绕在谁的手腕上，被猛力扯断。能解释幸福么，能解释疼痛么。当时我支持不住，和苏轼一起躺倒在故乡的屋檐下。你能解释一生中多次回顾的这种意外现象么。我僵直地躺倒，双手和双脚并拢着，贴近苏轼的身躯，和苏轼一模一样。你会看到远处的屋檐下面，头痛的人仰面朝天，睁着眼，鼻息如丝。

我是要离开的，十几岁离开井水和竹子，离开满屋子亲人。那天黄昏的种种情况，即使有血也有疼痛，却不能阻挡这种分离。就因为它是注定的么。母亲端来半碗水，放在我耳边半步远的地方。母亲半蹲着身，拿一根竹筷在水碗里插来插去。她有她的巫术，母亲有母亲的巫术，我不看也知道。母亲把竹筷在水碗中插一回，轻声喊一个名字，不再对应于任何人的，鬼魂的名字。大柴垛下的平原地带，后来我想，它的世界明显的三重性。中间是村庄，地面之上的房屋，房屋内代代相续的人；上面是天空，永远一览无余的平原，有云有雨有太阳，那是神仙们卧游的所在；而地面之下，充满了死去的亲人，随时有机会爬到地面上来与我们共处的亡灵们。大柴垛下的平原人，对天神是很漠然很疏远的，他们最主要的精神慰藉来自地面之下和草丛深处飘荡的亡灵，已经死去的乡亲和家人，死去的人依然参与着他们生活中的一切细节，要紧的和无关紧要的。大柴垛下的村庄里，可见的居民和不可见的，那天黄昏都听出了母亲喊声所流露的焦虑之意。天黑了，檐下有凉风吹拂，母亲的喊声有起有落，像从远处苜蓿地里传来，像某种单调忧伤的虫鸣。她喊遍她所知死者的姓名，甚至乳名和绰号，然而那根竹筷反复倒下去，撞击碗的边缘。母亲期待着某一只幽灵之手，使竹筷能在水碗中站立，倒下去倒下去，终于站立。母亲一遍又一遍用喊声寻找，我觉得，她有点想死去，再被自己生前的声音召唤过来，伸出自己的手，使那根水碗中的竹筷得以站立，笔直而明确地站立，她想寻找自己的亡灵，是否相对容易些呢。

母亲蹲在檐下，我因头痛而躺倒于檐下，听见母亲这样对亡灵们说话或吟唱：

哎——文泰爷爷，是你么？

哎——秀强奶奶，是你么？

哎——病死的六舅呵，是你么？

淹死的七舅呵，是你么？

哎——富春老太太，是你么？

是你你就站起来站起来？

哎——聋婆婆，是你么？

是你你就站起来，不是你

你就先走开……

母亲把亡灵的名字喊了一遍又一遍，一直到第三十六次说“聋婆婆”这个名字的时候，我依然躺着并头痛，母亲看到碗中的圆形水面上波纹迭起，眼泪差点流出来，她看到那根竹筷无依无靠地站立在半碗清水中，方的一端朝上，圆的一端朝下，一动也不动。母亲腾出手来，抹一抹眼角说：“聋婆婆呵，我不怨你，难为你一双笋尖似的小脚，要走那么远。”

我躺在檐下，后来闻到焚化纸钱的气味。我闻到了一生最亲切的气味，有时这种气味在关键瞬间会突然取代另一些气味：酒，香水，肉体洞穴的臭味，海洋，金属轨道，或者路边飞扬的灰尘。当时那个黄昏，黄昏究竟有多长，从何时算起到何时结束变为黑夜呢，黄昏檐下的母亲的祝祷声，就像焚化纸钱的气味和纸灰，几乎摆脱了物质性在半空浮动的，从火中升起并浮动的纸灰的气味，母亲的祝祷之声像纸灰一样，落满我和苏轼的脸，我头部的疼痛渐渐消失了。

我爬起来抖一抖身体，或者说我和苏轼在同一躯体内相互搀扶着爬起来，走进西房，重新打点我的父亲为我置办的行李。离别之日，我看到这样几件东西：未及上漆的素木箱，蚊帐，棉被，二十年旧毯（非羊毛的、棉质、红条纹泛白），二叔去落城代买的手表，两双新布鞋，《杜甫诗选讲》，还有五只洗过的梨。我重新打点那时的行李是因为它们不复存在了。父亲说，苏轼苏轼呵，明天我送你就送到车站，要是路上有为难的事，你就得向别人说好话了。我说，嗯。我什么也没说，只嗯了一声。

不会忘记阿羊的，我那个小表弟，额上留下三角形陷坑的孩子。那天很晚了，我的头痛事件影响了晚餐的正常进行，等我头痛因鬼魂来临而痊愈，已经很晚了。表弟阿羊从门外摇摇晃晃走进来。我一眼朝他的额头看去，看不见那个三角形的小陷坑，他的额角粘着几块番葵叶碎片，干巴巴的。他的额头和脸上没有一丝血痕。母亲说，阿羊到哪里，玩到现在才归家。阿羊说，大姨妈我在苜蓿地里睡了一觉，现在好多了。母亲说，怎么，你也头痛了么。不痛，阿羊说。阿羊说着看了我一眼。

3. 癸巳日

苏轼是我的前身，也是我今生今世不得不承担的一个虚假姓名。苏轼想不通为什么，难道前身犯下了过深孽业，今生今世被反复出现的毁容幻觉所折磨，为什么折磨到如此地步。在他活过的三十年间，毁容幻觉作为不可告人的隐疾，不定期地发生，越来越恶化。苏轼现在不能说话，丧失操作自己表情和躯体动作的能力。苏轼想，毁容幻觉，一次又一次来临，毁了我内外相连的一切纽带。

我成为幸福白痴的那一天恰好是癸巳日，在九三年之后的岁月中广为人知并被定为“大柴垛节”的那个重要日子，所有内在思想没有改变，原先怎样，后来还怎样，没有丝毫改变，没有波纹是异样的，只不过一瞬间所有的内在思想与身体和面部表情（我可怜的面部呵）以及表述能力完全脱离了。当思想仅仅是思想的时刻，我就成为白痴。多么纯粹，这就是我历年来艰苦努力所追求的么。没有人嫉妒白痴，没有人强迫一个白痴去工作和挣钱。没有人把自己都不能承担的义务推卸到白痴头上。假如白痴是安静的，谁也不再厌恶他了。当然，一个白痴必须与众不同，有崭新的因素贮藏于体内和体外，才能够端坐大柴垛顶部而不至于在浩瀚的文学的历史中被湮没。我所化身或伪造的白痴是崭新的么。这名白痴，至今依然被唤作苏轼的人究竟在哪一点上区别于福克纳和君特·格拉斯还有其他什么大师的塑造物呢。

我感到，苏轼在九三年不期而至，总有些特别的意味。譬如说，苏轼从内部世界往外探望时，十分聪明机智，他的内心话语有时混沌也有时深刻而尖锐。但由于癸巳日发生的毁容幻觉过于逼真过于猛烈，使他丧失了面部表情和可以部分替代面部表情的那些身体动作，更可怕的是他直接丧失了语言，这样他被自己的幻觉伤害或褫夺了一切可能的表达能力，所以他的面部和躯体呈现出绝对愚钝的一面。由内部世界向外投射的目光越敏锐，其外部世界中的面目就越近乎白痴。他置身于一个无法呈现其真正面目的世界中。外部世界对他的看法，被躯体阻隔着，停留在极端错误的判断上。我们可以通过苏轼这样的白痴范例，感悟不少的人间真谛呢。譬如说，一个丧失表达能力的智者，在世人眼中即为白痴；表达能力是一种秘密的途径，将内部智慧和与之伴随的痛苦从体内提取出来的途径，就像在银行里取款时你的手必须伸进伸出的那种小窗孔，只容得下单独一只手伸进伸出。譬如说，通过苏轼你可以看到，语言和表情以及行动都是你迟早要放弃的，可是迟早要放弃的东西，假如过早地放弃或丧失，你将经历多少磨难。

说来说去我不过在说自己，难道苏轼和我不是同一个么。我甚至否认前生后世的说法，从宋朝苏轼的死亡到某一年白痴苏轼诞生之间，隔着近千年的时空，难道相距如此遥远的苏轼和苏轼，能够在冥冥中逐步靠近，重合到同一躯体里么。即使千年时空有可能在两个苏轼之间被压缩，压缩成透明的薄膜，它不是依然存在并阻隔么。前生后世的说法再聪明，又怎能自圆其说呢。其实我就是苏轼，我们是同一个人，有着同一个虚假的躯体和姓名，我们同为一人的更好依据，恰恰源自看起来风马牛不相及的生平遭遇，那些遭遇一旦从具象世界脱离而进入纯粹哲学空间，它们不仅是相似，惊人的相似，而且是本来为一的。难道还用解释么。此刻端坐于大柴垛顶部的那个人，那个白痴不就是苏轼，不就是我么。

我一生遭遇中的遭遇，正是发生于大柴垛节，九三年的癸巳日。我心里有强烈冲动，要把关键的遭遇说出来，但将任何东西说出口来，对于此刻的苏轼已成奢望。我在那次遭遇中丧失了语言和其他能力，主要是语言，它的丧失使我从今往后的叙述，只不过是无声的内心话语，它再也不能被耳朵接受了，苏轼想，我的叙述怎么办，它只有指向你体内那一双无形的耳朵，或者说指向某种非耳之耳。于是苏轼想，所有偏离叙述的叙述，偏离话语的话语，偏离细节的细节，都为了打通你的非耳之耳，为了让你倾听。

苏轼想找到另一个癸巳日，最早以文字形式记录下来的那一群癸巳日中的一个，相对这一个，它就是另一个。他想找到人类关于灾难临头的最早期的预测和记录。他坐在大柴垛上纹丝不动，完全凭借着记忆和幻觉，做内心深处的游戏，为一个特定的节日，寻找对应的另一个节日。大柴垛上的岁月是无限的，因而他的叙述就可以无限松散，一不小心就会坠入无遮拦的自由陷阱。他想我只有预定一个范围才能安心，我怕自由，所有的工作都可能败于自由。在渺茫之境中虚设某种范围，正是我赖以对抗自由的一种手段，一种自我束缚的途径。苏轼和我同时想起了商朝，虚构的城池，虚构的叙述之源，它拥有十六万版龟甲兽骨所组成的，大柴垛下真实和虚假的历史像海洋一般，文字的凭据。我们能寻获远在商朝（包含多少神秘火焰和裂痕）的另一个癸巳日么，我们能对灾难临头的预感，作更深辨析么。

4. 红点黑点花布条

紫云到了民事法庭上，借助众多人证物证和女律师全力以赴的声援，反被告为原告，占尽了道义的上风，却始终没有提及花布条的事。对于紫云因某种微妙心理而放弃不用那根花布条，那确凿得不能再确凿的有红点黑点的醒目的物证，对于这一点，苏轼终其一生都怀着感激之情。苏轼俯首对我说，她撕去我半边脸皮，留下另一半。苏轼说，也许她已经预见到今天，我会自己伸手撕另一半，撕一切残余的部分。我想，她真是有远见的人呵。

落城最大的体育馆建在高处，原先有一座小山的地方，我把那里叫作紫云山，这是关于落城体育馆最小的秘密，其他市民除紫云和她的律师之外，没有人知道。那天夜晚我对落城地貌还很生疏，紫云从背后赶上来，走到我前面。她领着我爬台阶，爬台阶和下台阶，然后坐在有黑树影的很长的台阶上。那一年紫云刚满十八岁，苏轼比她大七个月，两个人是同一属相，紫云说我俩是一对兔子。很长的台阶一层又一层，倾斜着围成许多椭圆，一层一层套在一起的椭圆。紫云看见椭圆中间形成巨大而不贮水的池子，池子底部平坦而空阔，长满柔细的青草，青草柔细如水，浅浅的水，贮盛在灯火之外的夜色里。那时候池中没有奔跑的人，红色的人，黄色的人，蓝白相间的人的队伍，也没有滚动和弹跳的球。巨大的椭圆里什么都没有，围着一片椭圆的空虚。苏轼离开落城之后依然能想起那一片空虚，浊重之物纷纷向下沉降，纯净之物向上升起，好像白日里忙碌奔跑的一切，正在椭圆空虚中作某种调整，远离情感的纯逻辑的调整，升或沉。苏轼把脸转向夜色朦胧的紫云，对她说生呵死呵人有什么办法。紫云说，苏轼苏轼呵，别瞎讲了。

苏轼想，是呵，我跟随一位青春期少女爬台阶下台阶，来到黑暗寂静的树影里，难道就为了瞎讲什么空虚和生死么。苏轼想，要是我再迟疑着不肯动手，小说就不成为小说了。苏轼为着使小说成为真正小说，渐渐陷入青春期迷乱的激情中去。回想起来免不了有忙乱而荒唐的自嘲。苏轼伸出右手，悄悄寻找紫云的手，却发现紫云的手，早已伸过来，抓住了自己的衣襟。苏轼只好把伸出去的右手放到紫云肩上。苏轼感到自己的衣襟被越扯越紧，重得往下坠，而且紫云的喘息也已经跨过18岁的栅栏，越来越响。苏轼的右手觉悟到某种契机就在越来越响的喘息声中，飘浮不定，等着它去抓，去把握。说得透彻些，苏轼完全是在自己右手的指引下行动的，那个夜晚，右手是我全身最为机智而活跃的部分，当我的内心欲望还睡眼惺忪之时，它已经提前一步，独自跨过浅浅的河水，走向对岸。

我和紫云坐在黑暗的台阶中间，后来渐渐站直了躯体，台阶两端离我们很远，传来放荡不羁的窃笑声，我们站直了身体，好使更多的部位相互接触，接触和摩擦。我的右手从紫云的领口插入，紫云的领口纷繁复杂，我的右手在黑暗中层层清理着，层层深入，隔着最后一层棉质背心，企图开始它第一次温暖的历险。紫云的领口很紧，没有弹性，勒住我的手腕，使它不能伸展自如。我感到手腕，什么都够不着呢，被她窄小的领口束缚，越来越肿痛，我用劲抽出来。紫云焦急地哼了一声，抓住它。我说太紧太紧勒死人了。紫云说，哼，真是白痴，你不会这样么。紫云扭着肩膀对我说，喂，错了，是这样。我的右手被她的手擒着，从衣摆下面塞进去，一直塞到温柔的棉质背心里面。我想，浅浅的河水对岸，都有些什么呀。

我和紫云一起爬过许多种台阶，也坐过许多不同的地方，有一天忽然坐到了民事法庭的木椅上。对面坐的紫云化过妆，穿一件崭新的我从未见过的蓝色外套，坐在黑漆木椅上，与严肃的法律氛围很般配。我看见审判员打着哈哈说，事情就这样了。苏轼要承担大部分道德责任，紫云呢，还有什么再讲的么。紫云回头看看她的律师，好像笑了笑，忽然说有，我还有些东西要还给苏轼呢。紫云说着，拉开手提包，拽出五颜六色一大堆信件。我们处了这么多年，写的信全在这儿，还给你吧。我伸长了手臂去接，想接回多年来倾吐的欲望和似是而非的激情。我知道其中起码有18封信50余处谈及了花布条，有红点黑点的花布条，多么令人羞耻的隐私呵。我要伸长手臂，用我的右手去接，去遮掩。这时候我听见紫云说给你给你，然后就是一群小鸟振翅飞动的声音。紫云猛地一扬手，又一扬手，信件像杂色小鸟般飞起来，在民事法庭里盘旋着，眨眼之间便纷纷跌落，落满了广大无边的黑漆木地板。

苏轼苏轼呵——

我看见苏轼好像很忧伤，屁股朝天撅着，跪到黑漆地板上，一封信一封信地捡，一封信一封信地掸，一封信一封信地抱到怀里。苏轼抬起头来的时候，老态龙钟，不堪一击。那些信，还有隐藏于一些信封里的那根红点黑点花布条，难道那么重要。我们除了看见转瞬苍老的苏轼的脸，还能看见些什么。

给你给你——

自从蹚过浅浅的河水，苏轼把右手看得很重，因为它不仅可以写字，打球，还能给紫云去增添各种乐趣。苏轼怀着不断成长起来的欲望，紧紧跟随在紫云身后，寸步不离。在面对椭圆的空虚之后，他和紫云一起离开了空虚，开始面对由木板构成的正方的世界。紫云把父母支到隔壁看电视，拉着苏轼在厨房里看书。落城的夜晚，从前就是这么度过，一些人看电视，一些人看书。苏轼和紫云坐在厨房里，一张餐桌旁边坐着，分别看自己的书，譬如说苏轼看蔡仪的《文学概论》或者海德格尔的《存在与时间》，而紫云也许就在看广东版的美容书，《把美丽带给您》。餐桌的桌面是正方形，相邻的两条边构成直角，苏轼和紫云各占一边，紧靠直角。在这样的情形下看书，苏轼觉得最深奥和最肤浅的书，都香臭难分，味同嚼蜡。苏轼斜着眼看紫云，发现她的脸色确实更加美丽更加动人。苏轼想，究竟是我的右手，还是那本书，两者之中究竟是哪一个把美丽带给她呢。

我紧靠直角，想不出所以然，右手指尖在桌面上，已经沾满了异味，有异味的文字，有异味的存在与时间。我惊奇地看见，紫云的脸由红变紫又变苍白，把我的手抓住，推出来，“砰”的一声扔在桌面上，翻开的书面之间，我看见紫云从桌面下抽出一根花布条，塞到右手里，有红点黑点的花布条，吓了我一跳。我站起来，身后木椅倒下去。我看见苏轼站在桌边，推开右手，那条湿润的柔软的布满了红点和黑点的花布条，像蛇一样盘曲着，在他的掌心里蠢蠢欲动。我看见苏轼握着那条花布条，活像婴儿捏住自己的脐带那样，不晓得该扔还是该咬。我被惊呆了。我觉得那条蛇一样脐带一样的花布条，把我与落城的底细落城的内部生活联系起来，再也难以割断。我一跺脚，却跺在一团棉花上，连响声都没有。

紫云说，给你给你给你。

紫云说，你这个大白痴。

5. 旬有祸

存在着一个由龟甲兽骨和青铜器堆积而成的商朝时代，商朝有一个武丁时期。我掌心里托着，有时俯身在大柴垛上寻找，很坚定地在混乱中寻找，那个时期遗留下来的一片龟甲，刻有卜辞的，另一种关于灾难临头的依据，它从十六万片的地面集群中分离出来，落入你的掌心。这是一片相当完整的龟甲，多么美妙的原始汉字，文辞简奥而生动。它是你掌心里曾经拥有过的最灿烂事物之一。分别有四次占卜的记录，显示于同一片龟甲。难怪要比我们空洞的书页更坚硬，更出色。我喜欢中间那刻画更秀丽的卜辞。也许是个平庸的研究者，但我不是白痴，对于无法释读的其他三条（卜辞）表示冷漠，我真的不是白痴，只不过我的研究方式和研究指向从来就取决于一时好恶。我的研究和我一起坐在大柴垛顶上，我和我的研究，相互映衬对方的孤寂和疲乏。四面没有墙壁，坐在无形的房间里，从不走出门。对于门内的研究者，取决于好恶，或取决于理性都无甚大碍。我最喜欢的卜辞，合集编号第一万零四百零五片，镌刻于武丁时期某一个癸巳日。想弄清这癸巳日卜辞的表里，翻来覆去，我参考记忆中的多种注释，以及关于注释的注释，把一部分记忆翻来覆去，搜检殆遍。我发现通向意义之路，两边有坚硬的栏杆，由两种基本的要素构成：形状和声音。

还是让我们向着意义之路的另一端眺望吧，我们可以看到事物和意义相互脱离并各自走向消逝的过程，这种消逝又与形状和声音密不可分。世间事物在脱离意义并自行消逝的过程中，有两种主要倾向，一种是形状先逝，留下不绝的余音，譬如众所周知的上帝，其形早已隐遁，而声音通过先知和真假圣徒们的语言器官不断从无形之境（譬如天空和天外黑暗）传递过来，向人间扩散；另一种有更多例证的倾向，就是声音先逝，留下沉默的佯死之形，譬如我在癸巳日的毁容幻觉中，强酸液从黑暗外泼过来，半边脸冒出缕缕青烟，脸上皮肤很快地熔化，谁知道脸皮熔点请举手告诉我，溶化成臭味勃发的胶汁，往下淌，一部分溅落到干净鞋袜上，还有尚未描述的剧痛和心情，剧痛的心情，我发出惊神动鬼的一声嘶鸣之后，便彻底丧失了发音能力。医生说喉管是好的，声带和舌头无伤痕，或许有一天能够恢复。我丧失了发音能力，那些只能由声音表达的内容，在体内四处碰壁而没有出路。高耸的大柴垛上，端坐着佯死之形，无表情，无语声，自焚的冲动在周身缭绕。我通过你的掌心向自己展示了另一喻体，癸巳日镌刻的那条卜辞，与大柴垛顶部那个不能发音的独语者（他在听觉之外端坐并无声地独语）在历史两岸相对应，充当我学说中必不可少的喻体，使关于灾难的学说益臻鲜明，更加有趣。我看到癸巳日卜辞，三行原始而完美的汉字，镌刻在龟甲正中，我看到它，却听不到它的读音。它和我一样，失去了声音，或者说像我一样失去了它们真实的读音，本原读音。我们只有依赖于它的形状和相互间的结构关系来讨论其残缺不全的意义。就像你依赖我端坐在柴垛顶部的象征之身，讨论一切。

此刻我面对没有读音的文字，面对苏轼，面对我丧失发音功能的躯体，渴望自己能摆脱沉默，被迫的沉默，以清晰语调和非同寻常的手势从沉默中爬出来，滑下大柴垛，如同佛陀离开莲花宝座，滑向地面。我梦想我发出读音并且慢慢地阐释它所包含的谜。我的读音在全无凭据的情况下模拟卜辞的本原读音，试图开辟出以假乱真的研究途径。我梦想用换气和发音停顿将卜辞读为两段，我说："癸巳之日占卜，那人问道，以后的十天内有没有灾祸，时王占卜认为，而今有灾祸出现！"我们往下听，我们果然听见了灾祸。我接着说："神的意旨与卜兆之象是一致的。甲午日时王外出打猎，追赶兕，小臣驾驭马车，马撞到山崖上，撞毁了王所乘的车子，子央（他是谁？）也栽下马车。”此刻你听不出它原来是多少简奥，马撞山崖的复杂现象，速度，奔跑之兕，车轮和马蹄的混杂声响，山崖的颜色和阴影，惊愕的脸，许多不同物质相撞的过程，破裂之声，甚至还有血液飞溅，沾黏到山崖表面的皮肤和毛发等等，它用一个字，就是那个“䃼”字表现出来，隐括其中的动宾词组表现了一切。我们还可以从直观的象形文字看出这一事件的生动性。卜辞中有一前一后两个车字，撞崖之前的那个车，轮子在下，也可以说在地面上；而撞崖之后的车（那个字）就很不幸地双轮朝下，悬于空中了。我们甚至不必借助句法，就能看出有一辆马车发生了意外，翻了。当然，这样的研究有哪个学会或协会能承认其学术价值呢。没那么愚蠢，也没那么生动。我不过是把某种说法做得更生动罢了。

在缺乏智慧和极度单纯的人类生活中，灾祸永远处于黑暗状态，偶然被撞上，被发现。是否有那样一种人类生活呢，即使有，是否必定早于卜辞诞生的时期呢。自从有文字的龟甲在三千年前出现，就意味着人类开始了崭新的有智慧有忧虑的生活，其根本标志是一种猜测和预想灾祸的艰苦努力。当国王的骏马还卧伏在简陋的厩棚下，双轮或多轮的马车驻歇在树荫里，那种预想灾祸的活动早已郑重而谨慎地进行着。人类的智慧开始发光。大片黑暗的蛮荒之地，有了星星点点的微弱的光。就像更早的年代里，人类点燃的篝火在闪烁。这是另一种篝火。人类开始主动地发问，未来的十天内有没有灾祸。从某种意义上讲，这才是人类的第一次越轨之举，他们试图追问自己的命运了。这种初级智慧的篝火一经点烧，就从未熄灭过，而且越来越快地蔓延。可是这样的火光并不随着火势增长而更为明亮。它永远是微弱的。那些跳跃不定的模糊的阴影随它而来，使道路更加难以行走，更加复杂了。人类的灾祸预测与实际灾祸之间的关系简直是纵横交错的蛛网，轻盈而危险。未来的十天内有没有灾祸呢。回答说有，将有灾祸出现。那个决定有无的回答来自什么地方，来自何种事物或非事物的游离于事物之外的精神，我们怎能深究这样的问题呵。

我悲哀地想，掌中依据是无用的。我说过，后半夜是怎样的时刻，后半夜是明日灾祸的发源地，而且我说后半夜本身就是灾祸，我说出了貌似判断的一种感觉，然而癸巳日的灾祸，马车撞崖或者最强烈的毁容幻觉，都发生于阳光充足的白天。我掌中的依据很简奥也很生动，但它预先失去了成为依据的依据。我松开手，龟甲即将落入土层了，在灯光和黑暗的交界处悬浮片刻，然后失去它的形状。我想，大柴垛上那个不能发音的独语者，作为灾祸临头的某种依据，要是像龟甲一样落入土层，又会怎样。

6. 招风耳

父亲不是爷爷的亲生子，所以长相一点也不像爷爷。退后几步看，父亲和他的父亲在长相方面的差异，集中体现在耳朵上，父亲长着一对显眼而丑陋的招风耳，几乎与两腮垂直。苏轼从小就不喜欢父亲那一对招风耳，他觉得父亲的招风耳，实在太灵敏，好像能随意转动，听四面八方的声音。苏轼在父亲身边或者远离父亲，都被他那对招风耳很严密地监听着。苏轼从小到大其实就是他说从古到今，总有些提心吊胆，不敢弄出过分剧烈的响动。苏轼认为，无论自己走到什么样的角落，都必须轻手轻脚，以免惊动了父亲的招风耳。苏轼有时候暗自发狠，在睡梦中把父亲的招风耳从那颗脑袋上揪扯下来，割下来，血糊糊摔到水里去。苏轼假如说梦话，就会这么说："呸，看你还听得见！"

想起自己的父亲，苏轼觉得父亲是悲愤与滑稽这两种风格相结合的典范。父亲每一次喝酒，都喝得烂醉，不管面前坐着谁，都要把自己的身世从头说起，一路说一路感慨。父亲喝酒说身世，说到悲愤处就俯身痛哭，哭完了，便要唱。父亲唱青衣唱花旦，总是满口民谣腔调。父亲唱够了，便嘿嘿地笑，边笑边伸出舌头舔桌面。父亲最喜欢舔桌面，舔桌面上自己和别人筷头掉落的剩菜，杯中泼洒出来的酒。父亲把桌面上的酒和眼泪都舔得干干净净，把桌面舔得闪闪发光，把同桌的酒友弄得哭也不是，笑也不是，十分的尴尬。每逢父亲坐下来喝酒，苏轼觉得心里心窝窝里就长绿毛。苏轼看着父亲把酒一杯杯喝下肚，看着父亲支棱一对招风耳，伏在桌面上舔东西。苏轼羞愧难当，站在父亲身后，恨不能掉头就跑出去，跑到稻田或鱼塘边呕吐。苏轼想把自己的肠胃一股脑儿吐进鱼塘或稻田里，喂鱼喂鳖，喂虾蟆。

就这样，父亲的身世伴随着酒臭，洋溢于蓉塘小镇河南岸的村庄里，几乎笼罩了大柴垛下一家人和他们的生活。苏轼对这件事一向守口如瓶，直到后来苏轼的酒量比父亲还长进，才偶尔吐露。苏轼对坐在面前的人说，我父亲是野种，是被扔在雪地里喂野狗的，是个弃婴。我父亲是我的亲父亲，我爷爷不是我的亲爷爷，我的亲爷爷不晓得在哪国哪省，哪村哪店。连那个假爷爷都死去多年了，我能去问谁呢。

我和假爷爷一辈子只会过一面。我刚生下来，抱给假爷爷看，假爷爷看着襁褓中刚洗去胎血的我，哈哈一笑，就死了。所以我和假爷爷只有一面之缘，根本没有互致问候的机会。这样的事，也就算缘分罢。

假爷爷和假奶奶是一对穷夫妻。原本穷不穷，我不晓得，反正在由南向北的逃亡路上，他们全副家当是一根扁担和两只箩筐。那时候，外国兵来了打中国兵，中国兵来了打老百姓，富人家大业大遭打击也大，穷人的家很小，兵灾一来就没有了，剩下两条能走路的腿。假爷爷和假奶奶在烽烟炮火追迫下迈动双腿，踏上了漂泊不定没有任何希望的逃亡之路，假爷爷肩上的那副担子，一头沉一头轻，跑起来狼狈不堪。他们跑得过于慌张，忘记了离开的地方，忘记了季节，直至看见被野狗撕裂的婴儿尸体，才意识到地面上已铺了一层厚厚的积雪。

假奶奶活得长，假爷爷死后她继续生存，有可能给苏轼讲述一些往事。假爷爷和假奶奶在逃亡的路上跑啊跑啊。有一天途经落城，看见雪地上血肉淋漓，几只野狗正撕扯着什么活物。假爷爷拿扁担赶走那些野狗，发现雪地上散弃着十几个婴儿，其中只剩下两个，一个男婴一个女婴，手脚还算整齐无损。假奶奶说，那时候我看看这个，看看那个，结果是选了男婴。假奶奶说，那时候我们就想要个儿子，苏轼问，那个女婴呢。假奶奶说，不晓得，大概被野狗吃了罢。

后来逃到蓉塘小镇，实在走不动了，就放下两只箩筐，在河南岸的村子里站下来。不是坐下来，而是站下来，因为那时候连搁屁股的地方都没有呢。幸亏假爷爷能烤得一手好烧饼，总算随身带了混日子的手段。烧饼烤得脆烤得香，店主一高兴，就把河南岸的两亩七分荒坟地租给了外乡来的穷夫妻。假爷爷领假奶奶，站在那块地的中间，那块地坑坑洼洼，全是荆棘和狗尾草。假爷爷白天镇上烤烧饼，夜里和假奶奶一起开地，搭草房。假爷爷死后，假奶奶指着大柴垛下的某个地方，对苏轼说："就是那儿，我记得，就是在那儿我们搭房子，做家了。"

父亲一有对招风耳，听得见任何响动，主要是亲人们发出或与亲人有关的声音。那时候镇上和村庄里有不少人给假爷爷出鬼主意，让他把捡来的孩子扔掉，父亲说，他们的话我全都听到了。他们说，秀强呵，秀强是假爷爷的名，你还是把那个野种扔掉罢，你看你，连夫妻俩的嘴巴都塞不满，还养了野种，犯傻吧。他们说，要是自己生的，也就没法子，就认命，你看你还捡个野种，你看那小子眼光可贼啦，长大了还认你么。他们挤着眼角溃烂的眼睛说，秀强秀强呵，把他扔掉，把那个野种，扔掉罢。父亲告诉苏轼，他们的话，我都听得见，你爷爷和你奶奶的话，我也听到了。假爷爷和假奶奶一齐摇头，对他们说："人要想开些，哪个孩子不是捡来的，难道你生养之前，就选过，就认识他？"假爷爷和假奶奶说不扔不扔，就没扔，把从落城雪地上捡来的孩子留在身边。父亲说，我都听见了。

想起自己的父亲，苏轼觉得父亲算不得什么人物，除了喝酒，舔桌子的恶习之外，只有那对招风耳还有点古怪。若不然便请他老人家离开这里了，就像当年离开矿区回老家一样。父亲的招风耳，使他获得了性格，而对这里的人来说，性格就是某种“居留的资格”。父亲就那样，站在故乡小镇尘土飞扬的街道两侧，背对正午阳光，身影短小如钉，支棱起那对招风耳，监听苏轼发出的一切响动。即使远离井水和竹子，远在落城，苏轼也时时刻刻感受到那对招风耳，所包含的巨大威胁。苏轼想，一位父亲如果满腔悲愤而生涯平庸，他的耳朵就可能成为危险的阴影，笼罩我们一生。譬如说，他紧紧握住我们的手，头和颈很激动地摇晃着，眼眶通红，半天说不出话。他最后说出来的，总是那么可怕，他盯着我们的额头说：“我不算什么了，反正你要好好做人。”

7. 雨中灯

我作为白痴被遣返到蓉塘小镇的那一天，到处都在下雨。一路上我摆出无思无虑的白痴相，头颈僵直地看着窗外面，以免在关键的遣返还乡的途中出现差错，所以我的视野里全都是雨水，直射的雨水，或者曲折地沿着什么流淌的雨水。为什么要下雨，为什么如此重要的日子不是晴天，我无法解释。就像我远离三十年的小镇和村庄，如此陌生地显示在我面前一样，既无法解释，又无法躲避。

事实上，端坐大柴垛顶部的人纯属虚构，也就是说我虚构了苏轼，虚构了自己。所有的人，无论是在大柴垛上端坐，还是在大柴垛下行走奔忙，都具有被虚构的性质，和所有的生物一样，他们来自虚无，归于虚无。就是这样注定虚无的生物，填满了雨中的世界，填满了从一种虚无到另一种虚无的空白地带。苏轼觉得这样的生物，就像虚无本身蕴含的巨大热情被释放出来，在庸庸碌碌的悲欢和离合中表达自己。大柴垛上的人，与大柴垛下的人有什么不同呢。苏轼想，我坐在这里，状如白痴，承受着毁容幻觉和自焚冲动的折磨。我坐在半空中，大柴垛随着叙述者的话语飘摇不定，一直等到后半夜，也许是为了从大柴垛下的人群中分离出来，更好地倾听。苏轼俯身在夜空和地面之间，一种特定的高度，更真切地听到了从虚无中汹涌而来的啼哭。苏轼觉得那啼哭仿佛是音色纯真而饱满的童声合唱，一千名儿童，一万名儿童，那啼哭以这样动人的方式，传达虚无深处的热情，冲动和欲望。苏轼把双掌合于胸前，不能发音的躯体，忽然剧烈地轰鸣并在轰鸣中震颤如同一台重型机器，平原腹地的大柴垛刹那间点燃了无形火焰，通过苏轼的脊椎和头顶冲天而起，照耀四方，同时返照自身。

没想到如此陌生，大柴垛下的小镇，与小镇一水之隔的村庄，笼罩在夜雨中，使人感到前所未有的身处异乡的心情。苏轼听着啼哭声渐渐远去，无形的火焰归于无形，只有夜雨进一步真实。大柴垛顶部的人，越来越感到寒冷。苏轼转动着头颈，僵直了整个白天的头颈，在迷蒙的夜雨中四处张望。苏轼是否会发现，距离在柴垛仅仅百步之遥，有一盏灯，透过农舍的墙壁和厚实的农舍屋顶，那盏灯和它椭圆形的灯火，在夜雨中虚实相生，一点也不晃动，把小镇和村庄所有点燃和熄灭的灯火收拢着，缩小到豌豆那样。苏轼凝望着雨中的灯火，想起刚刚经受的感动，和一个人降临人世所面对的事物，忍不住松开双手，无声地笑了。

·第二章·

8. 食于母

每一代人无可回避的众多难题中，关于食物的难题最为重要，即使我身处大柴垛顶部显出白痴的一切特征，也难免被它纠缠。我记得那个国籍不明的瘦弱的人，为研究食物付出了毕生精力，他写了饥饿艺术家的故事，并以一条很特殊的狗为喻体，论述两种食物的区分以及获取食物所必经的两条途径：一通过耕作活动，一借助咒语和歌舞，或者同时行经两条途径，怎么走呢，一只脚行走于此，一只脚行走于彼，那条狗虽然很特殊，其狗胯就真的坚韧到可以无限延展而不被撕裂么。饥饿艺术家死于饥饿，他在饥饿的尽头走向死亡，他说："因为我找不到适合自己口味的食物。"那条狗也像艺术家一样，打算以绝食来替代根本不存在的具有解救功能的法则。那条狗同样找不到合适的语言，表述自己的法则，它觉得这件事是无法告诉别人的。它在绝食时，是否采取了"到这个世界中来的唯一实在"呢。我无法辨明如此深奥的心灵现象，那个瘦弱的人也尚未指出什么是唯一实在。自从被当作白痴被送到大柴垛顶部以来，我对万事万物都充满疑惑。我觉得凡是涉及抽象概念的食物，都虚渺无凭。这与我对幸福的看法相一致，人类以其对幸福的向往，超越身边那些寂寞的存在物，然则幸福仅仅是一个词，没有任何对应物可以充任其有限外延，它的外延无边无际，然而也是中空的，那条狗和艺术家所切盼的适合自己的食物也是一个词，一种鲜明而虚渺的由愿望而生的幻象，我觉得食物和幸福，在同一瞬间唤起而又打消了我今生今世所有的安慰，那个瘦弱的人是否死于全无安慰的苦境之中呢。

苏轼的食物由大柴垛下一家人供应。苏轼的食物来自地面和亲人们。苏轼至今还没有饿死的迹象。苏轼每一天都能看见母亲，端着家传的大铜盆，从百步之外渐渐走近，来到大柴垛下，大柴垛的阴影里。苏轼知道，母亲端来食物的时刻，就是黄昏，就是所有母亲呼唤儿女们归家的黄昏。苏轼在高高的大柴垛上，听见母亲的声音像烟一样升起。母亲说，苏轼苏轼呵，吃饭了。大铜盆很旧已经不太圆了，里面盛着稀粥，或者是地瓜和菱角。母亲端着大铜盆，端着最简朴的食物，走过一百步，站在大柴垛下面，用一支竹柄很长的推网，把大铜盆递上来。大铜盆很重，满满地装着食物，母亲的手臂有些抖，有些摇晃，但盆中食物从来不会泼洒出去。一点也不会。大铜盆摇摇晃晃，在网中，从地面上升，大铜盆到了一定的高度，夕阳照见它，就闪出旧铜器才有的光泽，亲切而温暖。苏轼弯曲上身，伸手从网中接过大铜盆， 不说一句话。苏轼吃盆中食物，吃一口，把腰挺直一回，脖子扬起来。苏轼像一只檐下饮水的麻雀，脖子扬起来，哆嗦着，哆嗦个不停。苏轼快要吃完的时候，母亲总是在下面说一句：“苏轼苏轼呵，慢慢吃，别着急。”

苏轼想，白痴一个，没用的人，有什么好着急的呢。苏轼确实不着急，吃盆中食物，格外从容。我们眼前的大柴垛，拔地高耸，吃食物的苏轼，肩部流过了一丝一丝的水雾，母亲仰面朝天，什么也不等。苏轼伸出不能说话的舌头，可能牵动着声带，无声地舔净一切食物的余渣，大铜盆内侧永远不生锈，黄灿灿地亮，照见舌头和下巴一伸一缩地运动。苏轼端着大铜盆仔细端详，向左转三圈，向右转三圈，看个没完，忽然一扬手，把大铜盆扔向半空。大铜盆像一顶草帽，从大柴垛顶部冉冉降落。苏轼闭着眼，只是听。地面有时干硬，有时柔软，大铜盆落地，传上来的声音有时清朗如钟磬，有时灰暗无力，令人沮丧。传上来的声音每天只是一种，却每天都不同，苏轼把它们在听觉中压缩到一块儿，就有了节奏和音色的组合，就有了音乐。苏轼说，多么简单，多么简单而动人。

有一次苏轼扔得不巧，大铜盆落地，砸伤母亲的脚趾头。母亲一屁股跌坐在地上，什么话也不说，疼得眼泪直淌。母亲摇头叹气，双手握住受伤的脚趾头，半天站不起来。苏轼从大柴垛顶部探头往下看，心中懊悔，也无可奈何。他只能永远坐观事态的变化，而无力参与任何一件事，就像真正的白痴。等到天黑之后，大妹妹走过来，扶起跌坐在地的母亲，回家去了。苏轼看着她们的背影，发现大妹妹已经长大了，比母亲高出半头。苏轼忽然感到一种焦虑或一种冲动，想和大妹妹打个招呼，但他张开嘴巴，发不出任何语音。随后整整半个月，母亲没有出现，大铜盆砸伤了她的脚趾头，她或许在百步之外的农舍里卧床休息了。苏轼每天的食物，依旧在黄昏氛围中送过来，太阳快落山了，食物也就来了。那只大铜盆内所盛的食物有增无减，偶尔会增加一个品种，譬如白糖煮芋苗，毛豆炒茄子。那只大铜盆现在由大妹妹端着，走过一百步，满地苜蓿又开花了，来到大柴垛下，大柴垛的阴影里，大妹妹的手臂一点不抖，不摇晃，操作自如。她用推网举起大铜盆，全神贯注，手臂的动作果断而迅速，递上来。苏轼弯曲上身，接过大铜盆，吃食物。苏轼越吃越急，甚至有一回噎着，打了几十个嗝，才勉强平复。苏轼觉得大妹妹站在大柴垛下，大妹妹朝四面张望，不时抬头往上看一眼，立即又低头看脚尖。大妹妹用脚尖在地面挖出许多小坑，那些小坑只有牛眼睛大，深深浅浅的，排了一串。苏轼开始舔铜盆时，大妹妹就在下面说："哥，好了没有？"

苏轼一扬手，打算把大铜盆再次扔向半空，又收住手，很仔细地将它贴着大柴垛，轻轻地一推。大铜盆贴着大柴垛，一路滑下去，落向地面时，几乎没有响动。黄灿灿的大铜盆，半个月没有飞起没有降落，只有滑行。苏轼整整半个月，听不到大铜盆落地的声音。苏轼多么想看见，母亲从百步之外的农舍里出来，走过一百步，苜蓿满地开着花，母亲端着大铜盆，慢慢走。母亲用摇摇晃晃的手臂，把食物递上来，然后站在大柴垛下，仰面朝天，母亲什么也没等。苏轼想，她已经等过一切，用不着等什么了罢。

9. 红点黑点大裙摆

紫云说，苏轼苏轼呵，你这个快乐天才，如今怎么愁眉苦脸像根苦瓜似的。紫云到这里喝酒，陪我喝或者要我陪她喝，从来不走正门。紫云的腰腿功夫好，翻过半截断墙头，走进来神定气闲，一点不慌张。紫云的大裙摆布满了红点黑点，在苏轼房间里扇来扇去，扇得房间里香气弥漫，然后像一朵硕大的落花，飘落到苏轼面前的竹席上，半径很大地铺开。

那时候，苏轼重返落城，在高楼林立日益扩展的落城里，占有一个狭长房间，共计七平方。苏轼的房间在底楼，阴暗潮湿，孳生出众多的蜘蛛和壁虎，老鼠和寻迹而至的野猫。苏轼的怪念头，关于自己日后如何成为那样一名白痴，就是在如此环境中与小动物们一同生长的。苏轼那时候还很年轻，各种欲望都很充沛，虽然心中的怪念头顽固不化，却被肉体器官掩盖着，没有崭露头角的机会。苏轼和许多落城人一样，只有一个房间，每天在同一个房间里，进行读书睡眠饮食歌唱和性交等日常活动。那时候苏轼的房间未经清理，就像他年轻的身心一样，填满了形状，填满了欲望和感受。再说漂亮一些，苏轼房间里还填满了紫云们有红点黑点的大裙摆，填满了她们发自肌肤的臭味和芳香。

苏轼记得第一次与紫云或以“紫云”这个名字为面纱的其他女子进行室内相处的日子，那天下午雨哗哗地落个不停，窗玻璃上雾气重重，苏轼和紫云是从雨水中逃进房间的。重要的日子永远要下雨。那个雨中的下午，苏轼看来简直像哑谜，只做些难解的动作，不说话。先是紫云甩头发，一脑袋不长不短的黑头发，水珠到处溅，墙上，桌上，苏轼的脸上。苏轼用手背擦擦脸，又伸出那只手，捏一捏紫云的衣襟。紫云笑着也伸出手，捏一捏苏轼的衣襟。两个人先是捏，后是挤，都挤出一缕细细的水流。苏轼拿眼睛望着紫云，紫云拿眼睛望着苏轼，都有些犹豫，后来又像想开了什么，不约而同地脱衣服，脱下来甩到床头的椅背上。苏轼看见了紫云身体所依赖的最后几件精致玩意儿，颜色雪白，一尘不染。苏轼想，她真健康得要死。后来坐到民事法庭的黑漆座位里，苏轼真觉得有口难辩，那天下午我的冲动和强烈的羡慕很类似，甚至就是羡慕，他想说，我那时的举动与性欲毫无关联。我就是羡慕她的健康，你懂么。苏轼看见了雪白无垢的健康，心里有说不清的冲动，不仅当时说不清，而且永远说不清。苏轼站起来。他穿的圆领汗衫，早就洇湿了，此刻不想换或者忘了换，径直走到紫云身边，空空的双手再次伸出去。苏轼双手空空地伸出去，就像日后在民事法庭上为自己申辩那样，茫然地伸着手，想说明什么，想解脱什么，想抱紧什么。

窗外下着雨。雨中的下午是很难说清的。苏轼的双手伸出去，毕竟触摸了紫云健康清洁的肌肤，并留下擦洗不掉肉眼难辨的指纹。苏轼把指纹很深地印到紫云裸露和尚未裸露的身体表面，如果用特殊的眼光来考察，也许能隐约看见，脸部留下的指纹最少，腰部渐多，而膝盖以上两腿的内侧，指纹密集，层层叠叠，跳一跳就会洒落一地。那些指纹，她不知道那些指纹有多少被洗去，还有多少留在自己身体上。一年三百六十五天，天天要清洗，是否某些指纹，苏轼或他人的，会直接长到肉里，变成痣永不脱落呢。

苏轼坐在床头的椅子里，紫云坐在他膝盖上。苏轼奇怪地想起西藏现存的古格壁画，斑驳陆离的护法神和其他什么神，膝盖上都盘着女人，像受惊的蛇一样，紧紧盘着。苏轼很想把这个联想告诉膝上女子，好让她对眼下姿势，具有更深的认识，可是他感到膝上女子的体温，正在上下飘忽，时冷时热，就把到嘴边的话压回去。所以那个雨中的下午，苏轼没有说过一句话，他只是用自己空空的双手，抱住她，抚摸她，程序混乱地了解她。苏轼想，真是个哑谜，谜面即谜底，谜底即谜面。底面合一，就盘在我膝盖上，盘在腰间，像条蛇。苏轼记得，就在自己要把谜面和谜底一同揭破的瞬间，紫云忽然睁大眼睛，伸手指着窗外。怎么了，苏轼问，怎么了。紫云指着窗外，平静地说：“我妈，我妈在等我，我妈会着急的。”

那时候我吃了一惊，真的，她那么平静地滑下膝盖，理着湿头发，把衣服依次穿好，绿色小背心，红点黑点大摆裙。我伸手捏一捏自己的嘴唇，然后说，紫云你这身衣服。怎么了，她说怎么了怎么了。我说你这身衣服，色彩搭配不怎么和谐。我看见她一嘟嘴，转过脸去。我耐心地站在紫云身后，等她回心转意，把脸转回来，一等就是多少年。紫云像变魔术的师傅，转过去是一张脸，转回来是另一张脸。我看见紫云的脸上，添了许多东西，都是些陌生东西，叫不出它们的名字。

苏轼的房间在底楼，窗玻璃上爬满蜘蛛和壁虎，床下有老鼠拖儿带女地出没，窗外的野猫历来春情不减，一声拖一声地号哭，像呕吐又像止不住歇不住的咳嗽。苏轼觉得，即使远离了竹子和水井，远离乡村，那些乡村风格的小动物，也如影随形地跟在身后。这倒是令人颇感亲切的自然现象呢，苏轼想，想远离什么，谈何容易。

多年以前或以后，紫云重返苏轼的房间，已是烟酒不离身的成熟女子。紫云再不去关心母亲是否等，是否会着急，用她的话讲就是："一切都要看我是否有情绪。"紫云用手拎起裙摆，一抬腿就跨过名存实亡的苏轼的院墙，踩扁几朵紫白相间的朝颜花，又名喇叭花，径直走进房间来。紫云笑着说，苏轼苏轼呵，你这个快乐天才。紫云笑谈如流，轻盈地坐到苏轼对面，红点黑点大裙摆，很饱满地铺在苏轼对面的竹席上。房间里灯火暗淡，而她的大裙摆，颜色鲜明得出奇。苏轼想，一种对比。紫云一侧身，露出满身笑容，很慈祥的笑容，指尖很长地伸过来，想轻轻按住什么。这时候苏轼惊讶地听到窗外，又远又虚无的地点，传来蟋蟀鸣叫的声音，像从漫天大雨中透过来的，十分清冷。苏轼想，大概是季节到了，就跨过灯火，把对面的紫云抱离竹席，又放回竹席，然后俯卧在她衣物频繁更换的血肉之间。苏轼俯卧着，红点黑点大裙摆铺散开来，笼罩了整条竹席和地面。苏轼静静地俯卧不动，就像遭到身后的袭击，脑部被重物击打，扑倒在色彩纷纭的错迷中。苏轼没有听见，蟋蟀的声音已经由远及近，来到窗外，爬上了窗台。紫云说，喂你听，是蟋蟀么。紫云揪一揪苏轼的耳朵。紫云说，喂你听这是蟋蟀在叫么，你能凭叫声辨别它是公是母么。苏轼俯卧着，没有动，没有任何反应。紫云听到蟋蟀的鸣叫声又细又硬，从低矮的床下传出来，像一点一点青苔的颜色，洒满自己的裙裾，和苏轼没有表情的面容。紫云看了看，觉得俯卧的苏轼将一睡不起。

10. 舟中客

我俯卧着，渐渐做梦般地回想起自己的前身在一条船上死去，耳朵充满了河水拍打船板的声音。关于临终的心情，我最叹赏被唤作弘一法师的人，他后于我的前身八百余年而生，又先于我的今生二十一年而死，有可能是我两次为人之间另一次短暂的脱胎，他在圆寂之前写下“悲欣交集”四个字，后来我看见了那幅遗墨的影印件，就特别感动，像自己也曾经体验过似的，我想，要么就是我前身临死曾有过的心情罢。

我死在一条木船上，船舱很狭小窄迫，来访的人都要匍匐着进来和出去。我的后半生一直在那条木船上度过，三个月前中了极深热毒，卧病不起，长久的卧病状态带来了许多恶果，后背偏左的地方，生出三个大毒瘤，敷过无穷种的草药，也不见消退。我临终前的日子，因为背后毒瘤疼痛难忍，只好采用俯卧的姿势，所以我死的时候，是俯卧着的，至于死后有人凭吊，或者说向遗体告别时，看见我仰面而卧，甚至面带笑意，都是活着的人有意安排。我死后的笑意倒并非完全做假，笑意总归是笑意，表达欢喜之心，在我脸上均匀分布着，这种笑意谁能伪造得出呢，只不过你应该看得更仔细，不要忽视了笑意底下，隐约可见的很深的悲凉。

我死前三个月没有出过船舱。我甚至忘了自己原本是一个舟中客，行无定处的老游子。由于病情笃重，我的记忆时而清晰，时而模糊，有时我努力回想整条木船的形状，却是徒劳无获，我能确切地想起木船上某些次要部位的形状和精巧结构，甚至那些部位木材的纹理，可是整条木船究竟是怎样的，我真的忘记了。

当我健在的时候，与朋友宴饮笑谈，听到有人说我们都是活向过去，背对未来向过去猛扑。我说我对时间另有看法，时间只有两种，一是此刻，一是非此刻，哪有什么过去和未来呢。我虽然这么说，但我对过去确实一往情深。所谓过去，假如限定在你的生命范围之内，那就是你曾经亲历过的留下指纹的日子，只有它们属于你，而未来的笑脸是假的，未来含有很强的拒绝力，它一步步后退，站在你面前，与你面对面，它一步步后退着，以此保持某种与你对峙而立的姿态。未来面露假笑拒绝你的靠近，更拒绝你下一步的参与。我俯卧在船舱里，不胜感慨地想起朋友那句话，我想对他说："能够转身向过去猛扑，是值得自豪的力量，那甚至就是生命中最动人的力量呵。"

我体内的热毒不可遏止地增长，拱破我背后的皮肉，形成三个大毒瘤，然后再往上拱，我双眼黄赤，牙齿和牙床之间开始出血，那是一种垂死者的黏稠的血液，像暗红的蚯蚓，从牙齿和牙床之间蜿蜒而出，一条又一条地挂到两边的嘴角上。我病成这个样子，我自己看不见，船上的人都回避我关于病情的提问，而且把所有的镜子取走，也许扔到河里去了。我可以想象那些光亮的铜镜，随着河水和水草的波动一摇一晃往下沉，最后陷落到河底的淤泥里，光亮的铜镜在水底看起来应该接近椭圆，光亮的椭圆陷入一片青黑之色。我被自己的这个想象挑拨着，心情久已冷淡，忽然激动起来，双手支撑病体渐渐移近船舱唯一的窗口。我把衰弱的脖颈挂在镶有青竹片的窗口边缘，往水面张望。我想看到水里去，寻找那些光亮铜镜，就这么我无意中窥见自己真实的病容。一切都映在水面上，你相信么，一切都映在水面上，我看见自己的病容，那些暗红的蚯蚓在我嘴角悬垂着，随河风摇曳。我觉得水面和它映照的事物，全都很亲切，一点不可怕。我在毫无恐惧的感觉中流出眼泪。我对自己说，苏轼苏轼呵，你只能活在此刻，再也无力向过去猛扑了。

面对最后的水面，谁都有各自不同的想法，而我首先想到了遗忘。我知道遗忘才真正重要，遗忘是死亡最神奇的序曲，遗忘是你一生所有疲乏和创伤的总和，它使你既不能与步步退却的未来继续对峙，未来站定脚跟不再后退，它赢定了，也不能扑向过去。在我继续俯卧期间，我不仅遗忘了那条木船的整体形状，连一些很熟悉的部位，也依次变得含混不清。船上的人，有不少跟随我半辈子，现在看上去比陌生人还要陌生，他们谈论沿途所经的地点，亘古如新的地名和风景，也从我记忆的墙壁上纷纷剥离，沉入水底。

你应该把那本介绍西藏古格壁画的大画册，好像是安徽版，朋友说一个大艺术家拍摄的，把它取来作一番研读。你会看见长有无数只手臂，或许不过三五对，看上去像有无数，手臂丛生的护法神，他们都是沉醉的人的化身，是男性舞蹈者。你看见他们这样或那样地站立着，他们的腰股之间，盘绕着一个娇媚女子，朋友伸手点一点说这是他们的伴神，永远盘绕在他们腰间。那盘绕不懈的女子，双股极度张开，身体向左向右倾斜。你翻过一页又一页，女子的脸向上仰望，眼中漾满了永不餍足的欲望的光辉。整个画面一片土红色朱砂衬底，浓彩点染，永远沉醉在很深的沉醉中，显示人与神互为化身的极度庄严而昂扬的瞬间，幸福的悲苦的大快乐的瞬间的造型。我要说另一种壁画，地名和风景，甚至风景中来去不休的人群，都从记忆的墙壁上纷纷剥离了，露水被晒干了，只有我和紫云相互重叠的影像，没有剥离，没有沉入泥土，紫云作为永远鲜艳的女子，盘绕在我腰间，一刻也不放松。我病体支离，如果我还有丝毫余力，就要在遗忘中打坐，面对紫云，也面对自己，面对铭刻在那堵墙壁上唯一尚未剥离的画面，我说那情景真是美丽，美丽。河水拍打着船板，我看不见河岸风景，看不见整条木船的形状。我觉得嗓子被什么阻塞了，就用力对自己说："苏轼苏轼呵，真是美丽。"

无论谁，要是一个人尤其是身世坎坷却久享盛誉的人，他垂死的时候，他俯卧着不动了，便有很多朋友来送汤药，来探望。也有某些时间误差，譬如可能是他真正死去后，俯卧之躯被翻转过来，仰面躺着了，朋友们才姗姗来迟。而我是幸运的，我的大木船由南向北行径数千里，都受到欢迎和接待。我在大木船窄迫狭小的船舱里，为沿途的欢迎者写了许多诗歌，题词，和更多信札，那些无用而亲切的文字被送上岸去，流传四方。后来我病倒了，我的木船停泊在某一处水面，停泊在我无力远眺的风景里，不再移动，船上的人都说快了，离家很近了，我俯卧着不知东西。不再移动的木船，停泊的木船，它的船头指向哪里呢。有一天，我听见岸上传来脚步声，脚步声柔软而沉重，节奏很潇洒很自由，我听它越来越慢或者越来越急，然后停住。我快活地想，不是他，还有谁，这样的脚步声呵。我知道谁来了，来了又走了，他在我的木船上留下了几包药，而且我知道那几包药分别是：人参，茯苓，黄芪，麦门冬。

船舱外面的人匍匐着进来，给我端来一碗药汤。他轻声地说，先生，您喝些麦门冬罢。我俯卧着，没有动。我说不用了。他不再劝药，哦了一声，黯然地跪在船舱角落里。过了片刻，又像过了很长时间，我轻声地问："岸边有山么？"他说："有的，先生。"我问："你知道那座山的名字么？"他说："不知道。"他又用更轻微的声音说:"我只晓得先生的名字，叫苏轼。"

11. "阶梯教室"

落城大学内多半教室是阶梯式建筑，排列整齐的黄色长椅全是木质加油漆，顶着有几颗固定作用的铁螺母和铁螺杆，在教室里由前向后，渐渐长高，渐渐远离弧形讲台和彼岸的长方形黑板。苏轼记得有一位哲学讲师特别爱好文学，或者有一位文学讲师特别爱好哲学，讲课爱激动，满头银丝乱抖，语音也乱抖，讲师双手撑住讲台，目光由前向后升高，掠过最后一排坐着的苏轼，飞向墙壁与天花板相交接的那条直线，然而左右游移。苏轼有时会想起这种情景，并且听到讲师抖着他的语音说，大自然，大自然呵。苏轼不明白，为什么讲师一激动，就说那样一个特别抽象的名词，为什么不这样说："粉笔呵，面包呵，女人呵，胃病，胃病呵。"苏轼不和别人商量，独自把那位讲师叫作"大自然"，为了躲避过分激动的"大自然"，苏轼由前向后，一直退到最远最高的长椅上。苏轼发现最后一排长椅，多半时间是空空荡荡，没有人坐的。苏轼远离"大自然"，独自坐到最后一排，就像多年后，为了远离毁容幻觉，为了可以用无声话语对自己诉说，坐到最高的大柴垛顶部一样。苏轼是个孤坐者，独语者，已死和未死的人。苏轼此刻坐在大柴垛顶部，把精力贯注于自己的疾病深处，以求安详。

九三年的后半夜漫长而无尽期，苏轼知道大柴垛下的亲人们，父亲母亲，和两个妹妹，正在百步之外的灯火下愁肠百结，讨论着救治自己的办法。苏轼和白痴，两个无法联合的词，一旦联合起来，就成为难以救治的怪症，后半夜灾祸迭起的象征，高耸而荒谬，真实的含义没有人追问，也没有人能够辨明。苏轼想，即使是血缘相通的亲人，也不能找到救治的办法，使我的病情减轻一分一毫。苏轼想，是否他们该放弃，让我在“最后一排”坐完我的余生呢。

第二天下午太阳还老高地挂着，大妹妹就端着家传的大铜盆走过来。苏轼发现她的身后有另一个人，扛着一张极大的竹梯，闷头跟在她身后。我不知道那人是谁，心中感到不安。那人把左肩微微拱着，长长的竹梯就扛在左肩上，笔直地倾斜，投下笔直的阴影。大妹妹和那人一前一后地走，拖拖拉拉的，好像有什么东西拦在脚边，使他们的步伐显得迟疑。苏轼从大柴垛顶部俯视地面，看他们怎样把百步的距离，走成一百二十步，终于来到大柴垛下，抬起脸。我发现扛竹梯的人是他，他是我父亲。苏轼看见父亲在大柴垛下抬起脸，太阳比平时高得多，大柴垛的阴影就比平时小得多，父亲的脸正好处于阳光与阴影之间那条边缘，半明半暗地抬起来。苏轼和他的父亲一上一下，隔着大柴垛的高度打个照面，多少年没见，父亲和儿子都感到对方变得陌生，变得丑陋了。苏轼看到，父亲现在竟然如此衰老，头发脱落过多，那一小片椭圆的裸顶，被晒得泛红泛紫，布满多年层积不减的污垢。只有脑袋两侧的招风耳，没有衰老痕迹，依旧棱角分明地指向近处和远处。大妹妹像往常一样，用预先放在大柴垛下的推网，把大铜盆递上来。苏轼接过大铜盆，发现食物比往常多，还添加了红烧猪肉，感到很奇怪。苏轼想，什么意思，难道今天过节么。虽然感到奇怪和不安，苏轼还是将大铜盆里的所有食物吃个精光，并舔尽一切残渣，然后把内侧发亮的大铜盆贴紧大柴垛，轻轻推动，使它滑落得平稳而迅速。苏轼害怕父亲的招风耳，推落铜盆后，一动也不动，静静地朝下观看。苏轼看到父亲已经竖起那张长长的竹梯，空中一端正朝自己靠过来，靠住大柴垛顶部。父亲在下面使劲摇动几次，竹梯很稳定，就像从地里长出来的。父亲双手和双脚轮流移动着，开始沿竹梯往上爬。苏轼看到父亲的裸顶和耳尖向自己逼近，越来越分明，大妹妹站在下面，单手扶竹梯，显得心不在焉。苏轼想，不知道要发生什么事情呢。

自从我沦为白痴或是被末世人群看作白痴以来，我的事情就有些特别。我被遣返到一个被称作故乡的地方，而实际上多年来我已将落城当作故乡，就像脱胎之后又生出新的脐带，连接了新的母体。我已经逐步淡忘了小镇和村庄，有许多场合冒充落城人。我是落城人，我说，老落城了。我觉得小镇和村庄是最陌生的地方，似乎从未涉足。旧的脐带被掐断，脐眼黑乎乎的，不能用手抠，不要抠，抠了肚脐要生病，肚子病，疼得你满床打滚。我和落城，我和崭新的城市母体之间，生出另一根五彩斑斓的脐带，倒不是赝品，通过它，我得到营养，我活得活像那批跨世纪人群的成员。我是落城人，老落城了。但在民事法庭的黑漆位置上，我感到新的腹痛，掀开衣襟看看，那条新脐带开始腐烂，流脓流血。我敷药，我计划周密而顽强，我要保住无形的新脐带。然而无形的新脐带，在一连串法庭质询和毁容幻觉的打击下，终于断裂于无形。我被当作无所安插的白痴，从落城遣送出来。我是世界上有过两根脐带的怪人，我先后有两根脐带，我先后两根脐带都已经断裂，我两度失去母体，我是真正的碎片和像碎片一样飘零不定的老游子。作为端坐大柴垛顶部的白痴，我觉得自己名不副实，难以成为真正白痴。快乐天才是前身幻影，白痴也并非今世真相，我身处两种相隔九百余年的虚假世界之间，我是两种虚假之间游移或端坐的血肉俱全的虚假。我的名字和身体，多年来格格不入。虽然如此，苏轼想，我就能成为无可替代的唯一的比喻么。

大柴垛下的亲人们扛来长竹梯，父亲扛来长竹梯，把苏轼从高耸入云的寓言底座上扶起来，接下去。亲人们筹划几个月，想不出更好的救治手段。亲人们觉得把苏轼从高处接下来，这样做起码不失为一种做法。亲人们说，至于疗效嘛，苏轼和我们都得听天由命。

亲人们多数认为，苏轼如今这副样子着实可怜，而他之所以罹此横祸，好端端变为白痴，病得如此古怪，主要是因为他端坐得过于长久。把他从高处接下来，打破他的端坐，设法让他行走，这是亲人们凭借有限的智力和想象力所构思的初步疗程。亲人们要不惜一切努力，挽救苏轼，使他摆脱白痴状态，重新成为名动天下的快乐天才。亲人们说，为古老的家族洗雪耻辱，增添光彩，这不是哪一个人的事。苏轼听见他们的议论，感到格外惊奇。苏轼想，我爷爷不是我亲爷爷，我只有父亲，而父亲恰恰是血统不明的弃儿，怎么会属于什么古老家族呢。苏轼想，他们一定搞错了。苏轼想，如果我的病态也算耻辱，它确实只是我一个人的事。苏轼想，人们在小镇和村庄之间可疑地出现，围起了大圆圈，他们这些人来自何处，来干什么呢。

无论在落城还是在柴垛上，苏轼确实坐得过于长久，甚至弄不清他究竟是先成白痴而后陷于端坐，还是本来就端坐，就那么端坐着化身为白痴的。苏轼自己也弄不明白，只看到自己双腿盘曲，双脚分别紧贴于左右两边的胯骨，早已失去知觉。苏轼想起那一天，亲人们想方设法接他下去的情景，差点笑出声，又笑不出声。父亲爬竹梯，手脚轮替着移动，一直爬到大柴垛顶部。父亲对苏轼说："苏轼苏轼呵，我来接你下去。"父亲说着伸出左手，要把苏轼搀扶起来，却发现苏轼的双腿那样盘曲着，怎么也松不开了。父亲瞪住苏轼盘曲的双腿，看来看去没办法，长叹一口气，酒臭顿时在高处弥漫。父亲在酒臭中陶醉片刻，忽然一侧身，向大柴垛下摇胳膊招手。他向谁招手，向单手扶竹梯的大妹妹招手么？苏轼也侧身朝下看，发现大柴垛的阴影里，阴影越变越大，太阳偏西后开始沉降，阴影里站着许多人，不知什么时候聚集过来的，正仰面朝上，和父亲一样摇胳膊招手。苏轼想，怎么回事，怎么回事，站着许多似曾相识的人。苏轼看见人群中分出三个人，开始沿着竹梯往上爬，转眼之间就爬到大柴垛顶部。都和父亲差不多，身材矮小而裸顶，差不多。大柴垛真是稳固，作为底座就必须这样稳固，爬上来多少人也不摇晃。父亲和三个后来者交头接耳，摩拳擦掌，又显出无可奈何的焦虑的神色。苏轼想，他们准是对我盘曲不散的双腿感到十分为难罢。苏轼看到父亲和后来者忽然终止了纷纭不休的讨论，板着脸，慢慢向自己靠拢。苏轼想，这么严肃，干什么呀。

假如苏轼有一天死里逃生，能开口说话，他会把那天下午被亲人们接下大柴垛时的心情，原原本本地说出来。苏轼看见形貌相似的四个人，很严肃地向自己靠拢，心里不禁有点畏惧，就闭上眼睛。苏轼感到有八只大手伸过来。握住自己可以抓握的那些身体部位，握得很紧，轻轻把自己抬起。苏轼感到八只大手每只手都长满劳动的茧子，雄浑有力，像命运之手，把端坐不动的白痴抬离底座。苏轼离开端坐之地的时候，闭着眼睛，感到一阵醉酒般的晕眩。苏轼感到那种晕眩渐渐平息，转化为整个身体有规律的晃动。苏轼很畏惧。苏轼让左眼睁开一条缝隙，发现自己被八只大手团团围住，抬在空中，正处于竹梯中途。离大柴垛顶部已经相当远，离地面也同样的远。竹梯丝毫不动，而苏轼的身体却迎风飘忽，完全依赖于身前身后的手。苏轼双腿盘曲，凝固着端坐姿态，八只大手托住他，像托住一尊纸佛。苏轼还记得，一种想笑出声的心情，就在一刹那间产生并消逝，自己又闭紧了试图睁开的左边的那只眼睛。

12. 椭圆岛

椭圆岛在这个世界上可不多见。椭圆岛上所有事物都呈椭圆形，居民的面孔和岛上建筑，甚至植物的果实和叶片，天空飘动或静泊的白云，都是椭圆的。苏轼和紫云在旅馆房间里的椭圆形大床边并排坐了一会儿，各想自己的心思。苏轼觉得有很强的尿意，就冲出房间，沿着悬空循环的椭圆走廊，一路小跑赶向公用盥洗间，便所设在盥洗间隔壁。苏轼推开装有弹簧的半木门，又是椭圆，无处躲避的东西，手一松那扇椭圆哗啦哗啦啦响半日不停。苏轼站在便池前，便池式样新颖，滤孔周围堆满了椭圆的蓝色药丸。便池略嫌窄小，而且位置过高，苏轼站在便池前，踮着脚撒尿。苏轼一尿甫毕，忽听得身后有人喊他的名字，苏轼苏轼呵，那声音说你怎么又到这里来了。苏轼转身，看见面前站着一个椭圆面孔的青年，正对着自己挤眉弄眼地谄笑。苏轼说，你是本岛居民么。青年说，我土生土长没离过岛，即使出海也没超过三十里。苏轼说，那你怎么会认出我呢。青年说，这有什么奇怪，谁都认得出。苏轼说，我第一次来，我以前没来过。青年说，怎么没来过。苏轼说，怎么来过。青年说，本岛的居民识字不多，却把岛上每一代人所经历的事，记得很牢很准确，譬如说九百年前你来过这里，并且居住了整整三年，这件事谁都晓得，连三岁小孩恐怕也讲得出的。苏轼侧脸看窗外，便所之窗是椭圆的，还有窗外你能目睹的一切。苏轼知道，自己一时回过脸来，又会看见那张椭圆面孔，就故意把脸侧着，不动。苏轼说，你晓得我究竟是谁么。青年的声音说晓得晓得，你不就是苏轼么。

苏轼出了便所，又是一路小跑，比刚才跑得更急。苏轼像遭到阳光刺激的老鼠，椭圆岛的阳光确实不错，嗖的一声钻回了旅馆房间。这是一种怎样的恐惧呢，你被陌生人识破了，被认出来了。你隐姓埋名地在世上逃窜，带着名叫紫云或名叫其他什么的女人，躲到四面临海的椭圆岛上来，你甚至睡觉时毫无必要地放下蚊帐，以使自己隐藏得更深。你如此警觉，却被识破，被九百年前自己留下的身影赶上了，被它抓住了。苏轼像小老鼠似的钻进房间，钻进紫云长裙曳地的两腿之间，把脑袋埋进去。紫云拍一拍他的脖颈，笑着说：“苏轼苏轼呵，你怎么了，倒像只小老鼠。”

紫云原来健康而洁净。紫云在某个雨中的下午向苏轼显现过她雪白无垢的健康，使苏轼既羡慕又迷恋。紫云是小说中人，免不了变来变去，无定着，所以当她此刻与苏轼来到椭圆岛，便另具一番景象。苏轼把脸埋进她两腿之间，又贴着她小腹摩擦。苏轼发现紫云的小腹已经成熟了，平坦和起伏表现于同一个椭圆范畴，在合乎常规的肚脐左侧，增添了伤痕。苏轼细看那处伤痕，椭圆岛阳光明媚，室内光线极充足，透过单层丝绸，依然能照见微小之物，那伤痕由两条长约一寸的刀疤组合而成，两条刀疤呈十字形交叉，线条整齐劲挺。苏轼将右手食指沿伤痕轻轻滑动，伤痕由小腹平面凸鼓出来，坚硬而有弹性，像晒干的牛筋。苏轼觉得那伤痕不是划破皮肉形成的，而是把十字形伤痕的成品从远方取来，嵌在这里，做了紫云坚固的隐秘肉身徽纹。苏轼隔着单层丝绸，对紫云说：“喂，谁嵌的？”紫云就在他脑后一弹中指，说："你说谁嵌的！"

苏轼没想到，紫云的伤痕也像肚脐一样，不能抠，不能摸，摸多了，肚子就疼，疼得像真的。苏轼抬起头，看见刚才还谈笑自若的紫云，已经面色苍白泛黄，冷汗涔涔的。苏轼想，有一支箭，可以同时射穿疼痛和恐惧么。

那天夜晚，椭圆岛上刮起大风。窗帘"嘶啦嘶啦"地被吹裂，变成一缕缕布条。蚊帐也被吹散，满房间乱飘。苏轼和紫云躺在椭圆形大床上，互相搂抱着，怕对方被风刮走，刮到海里去。紫云记得，那是她最后一次和苏轼同床共枕，离开椭圆岛，她也就彻底离开了苏轼，到大海对岸的冰雪之国去嫁人，去学习知识和技能，去挣钱，去性交。至于死，紫云没怎么想过，偶尔想到死，就对自己说："要是死在椭圆岛上，倒有点意思，起码混一口椭圆的棺材，睡睡蛮好。"紫云后来也上了年纪，人一老，好想过去的荒唐经历，想想那些事多荒唐多荒唐，临老看不见一点可靠的依据。紫云记得那一夜，苏轼反复问："紫云紫云呵，你说我是谁？”紫云说：“你是苏轼。”苏轼说：“我不是苏轼，我不是苏轼。”紫云说：“你说你是谁？”苏轼说：“不管我是谁，反正不是苏轼。”紫云说：“你要不是苏轼，难道我是苏轼？”苏轼说：“你是苏轼，我是谁？”紫云笑了，说：“你什么也不是。”我们换了各样姿势去搂抱对方的身体，紫云记得，无论换怎样的姿势，总是搂不定对方，海风越刮越猛，从我们的肌肤间呼啸而过。海风一刻也没停歇，我们都惊慌起来。苏轼说，我觉得怀中之物变得很轻，随时要飘走。飘到海里去，一去不回头，我惊慌了一夜。

第二天椭圆岛恢复了风平浪静的状态，我和紫云也把惊慌忘到脑后。我们换上泳衣，赤着脚，绕过车辆和三五成群的漂亮游客，去海边晒太阳。我们看到海边沙滩，闪着耀目的金光和银光，海边礁石是紫黑泛绿的颜色，像铁铸之物。我们看到椭圆岛海边的礁石，一座比一座高，或者一座比一座矮，全是光滑无痕的椭圆，没有棱角，礁石表面没有一点褶皱。礁石与礁石之间像洗过一样，平坦而洁净。我们赤着脚，沙滩在阳光下有些发烫，海水浸过的地方，我们可以随意行走。在礁石与礁石之间，我随意行走，看自己留下脚印和它们自我消失的过程，多么短暂的出现和消失，我拉住紫云的手，我说，“紫云”，她不回头，朝着大海笑一笑。我说：“紫云，紫云。”她背对着身后的礁石和人，拔去头上那根两头尖的牙簪，黑头发在脖颈处打着漩涡往下滑动着。她说：“怎么了。”我说：“说了你也不信，这地方我肯定来过。”她说：“我信，我信你投胎之前来过。”我说:“好像都见过，这礁石和沙滩，都见过。”她说：“我呢？”我说：“那一次你不在我身边，你在另一个地方死去了。”她说：“我死在哪里？”我说：“死在山间。”她说：“呸，别再胡说了。”我说：“我真的来过，但我找不见那棵树。”她说：“什么树？”我说：“我没有房子，我曾经把那棵树当作房子，坐在树下，梦见死去的人。”她说：“梦见谁？”我说：“我梦见的人，或许就是你。”她说：“她也叫紫云么？”我说：“那棵树，我想起来了，那是一棵桄榔树，它有辣味的果子。”她说：“喂，她也叫紫云么？”

13. 幸福论

没有名词。我认为所有的名词都是代词。我们所处的这个世界上，有真实的名词么。九三年，紫云，后半夜，大柴垛，天空，灯火，阶梯教室，父亲，大铜盆，长竹梯，灾祸和幸福，还有在叙述文字中频繁闪现的苏轼，我自己，我找不到它们作为名词的依据。我唯一能断定的，我唯一可以判定的是它们的非名词性质。它们都遥指某一个广大无边最真实的名词，担当了貌似名词的它们都遥指某一个广大无边最真实的名词，担当了貌似名词的代词的职责。它们是代词。它们像椭圆岛边的礁石，无数椭圆礁石充塞你的视野，像铁铸的黑色景象，萌发和生长在你周围。

从后半夜到拂晓，远方士兵正潜伏于灌木丛和草莽中，露水和蛛网，渐渐明晰的天空和天空下将被摧毁的城堡，其他目标。我潜伏落城的底楼，已经忘却了为什么潜伏，我长久等待着向前猛扑的号令，而号令被长久地延耽了。我是个心生厌倦的潜伏者，在无尽期的潜伏状态中，转化为代词。拂晓来临了，拂晓或许是约定的时刻，我在拂晓时刻，被解除一切约定，被彻底放弃。我像丧失了造句功能的代词一样，陷入造句之梦。可怜的代词，它被曲折深奥的句子排泄出来，丢弃到这里，这落城的阴暗之所，它对那个句子和句子赖以构成的句子的法律，一无所知。它对一无所知的东西，既仰慕又畏惧，深深地畏惧。它就是我，我是苏轼。我听见苏轼的声音从海面传来，他说："呵呵，一切是代词。"

譬如说幸福，事实上我所列举的例证永远与幸福有某种关联，而幸福是众多代词之一，在代词群体中它佼佼出众，它是最富有魔力的代词。人生一世，草木一秋，人与草木之所以相异，就在于他对幸福始终有一种态度。他向往幸福。他把亲身经历的种种苦难，当作途中的事。他感到幸福在远处。他的视线永远牵挂远处。他宁愿看着远处。他那瞬息生死的身躯，永远被安放在途中，被用来测算他与幸福之间无可测算的距离。

幸福作为一个词，虚无代词，没有对应之物。有谁能够指着一种状态，或一种事物，指着岩石或河流说："这是幸福。"谁也不能这样指，这样说。他面临着全世界最深邃的空洞。他面临这个空洞，就同时面临了两个词：幸福和死亡。他感到幸福和死亡，听起来完全不同的两个词，竟是同样的空洞，幽暗，无限深邃。

幸福作为一个词，和死一样，是天赐的安慰。幸福和死都是你此生中可以解脱身心于苦难的唯一机遇。幸福是唯一的，死也是唯一的，它们统一于唯一的限定，它们互为代词，各自在无形中运转。

幸福作为一个词，和紫云一样，从前生伴随我到今世，激发我的欲望和才情。而紫云本身，我永远不能拥有。紫云生于词，死于词，她本身由单纯的语音和情境相互映照而成，她没有本身。我前生今世所遇见的，不过是穿着不同服装的幻影，许多幻影，她们被唤作紫云。

幸福是一个词，苏轼也是一个词，两个咫尺天涯的代词，由于我的生存活动或许产生了微妙的摩擦。我的生存活动可以划分为前生和今世，中间有近九百年的空缺，或者说有一条虚线漂浮在时光之外。如果能用最简单直接的汉语词汇来总结，我的今世生存和前生，都躲不开"挫折"二字。我的今世生存还在延续，寓言底座和白痴，即使有两相脱离之时，却始终保持它们的整体性，它们是我今世生存遭受挫折的明证，就像衰朽不堪的世界的眼角，又增添一条古怪而深刻的皱纹。而我的前生，在九百年前的岁月中开始了，又结束了，一切有关的事物消失殆尽，真品消逝了，赝品闻风而来。有一个读书识洋字的作家叫林语堂，为我的前生作传记，指认我是个快乐天才。他写的传记通篇是洋字，我活了两辈子，还是读它不通。后来宋氏碧云将那册传记返译成汉语，多有趣的现象，返译和返销之物，总给我方便。我看到林氏原序中，有句话可谓稚气盈掬。他说，鲜明的个性永远是一个谜。他说，世上有一个苏轼，却不可能有第二个。他怎么晓得世间事物的可能和不可能呢。从某种意义上讲，人死不能复生，普天下的人只有一个，死了就是没有了，永远没有了，这是对的。然则一切正确的说法，实在是稚气的，可怜的，徒伤人心的，无益的。根据那种正确的说法，我就不可能诞生，不可能成长，不可能在落城和乡村之间像飞鸟一样随季节来来往往地迁徙，也不可能担负后半夜寓言的复杂象征，大柴垛顶部端坐不动的白痴，和蓉塘小镇街市上悠然行走的那个人，又如何显现他的身影呢。所以我宁愿选择一种错误说法，前生和今世两度为人，我说错了许多话，可我宁愿把一切都说错。有时我觉得说错和做错，唯有我有意无意地说错了什么，做错了什么，才能使自己靠近幸福。我就这么撞到错误上，惊惶得无地自容，满头满腹都淌出冷汗的时刻，一抬头或者一睁双眼，却仿佛看见幸福，那张神秘的脸，那种不可理喻的神秘的心情。

幸福是一个词，我深情所注的词，一切挫折都为了它，也来自它。我失去语言状如白痴的身体，在后半夜最黯淡的时刻，独自做出了姿势，各种各样我自己都未曾梦见过的姿势，向它长久地礼拜。它超越了天空和土地，超越动物和植物。它是一切词的母词，一切心灵现象的背景，一切挫折所包含的价值，一切生存活动丧失其意义之后重新遗忘的宁静，一切额头为之光亮的火，一切婴儿在啼哭声中正被割断的血脉。我对幸福的礼拜如此长久，这个代词，譬如说它代表我唯一的神，代表了死亡和转世之间那种无法言语的空寂。可我是否再次说错，我说错了什么。

14. 褐蚁群

苏轼在山丘上的杂木丛中被惊醒。苏轼听见山丘下传来击鼓的声音。苏轼从鼓声判断远处的击鼓者，是一个愚钝而又疯狂的，苏轼想，那家伙真是少有的白痴。苏轼后来渐渐分辨出山丘下传来的鼓声，不是鼓声。那人究竟是谁，如此疯狂的家伙，在拂晓时一片宁静中伪造鼓声，过早地把我惊醒。真想杀了他。真想杀了他，真想杀了他。可怜的人。

阳光透过枝叶，纵横交错地照进来，照在为鼓声所困扰的苏轼的脸上，像局外人的劝慰。苏轼眯着眼，虚假的鼓声和虚假的阳光，拿它们没有办法。苏轼眯着眼，觉得自己又睡过不少时间，就向右侧扭过头去。苏轼感到一股淡淡的人体的臭味与草木清香混合着，吹到自己鼻孔周围。山丘下的鼓声，如果真是鼓声，连续地轰响然后停歇，然后再轰响。平庸无奇的节奏。鼓声作为一种轰响，映衬了山上的寂静。苏轼听见鼓声的缝隙之间，冒出另一种细微而尖厉的声音，野蜂，或者其他昆虫，翅尖露水晒干了，开始飞舞。

阳光越来越热，热得发烫，草木清香和人体臭味，在发烫的阳光下构成比鼓声更强烈的震动。苏轼再次醒来，看见行踪不定的紫云，半身赤裸的紫云，躺在自己右侧，躺在山坡上，从学院里夹带出来的白被单，半卷半舒地盖着她的腿。苏轼想，她那两条腿，汗毛密布，筋肉发达，如今增添动人的印记：草叶划破皮肤，蚊虫彻夜叮咬，紫褐的血痕，斑斑点点。苏轼想，她那两条腿，这样更好。苏轼想，后半夜的灾祸，小灾祸，小痛苦，使我的女人更好。苏轼想，可是她的腹部，怎么又呈现另外一条血痕，紫褐色，两指宽，跨腰腹，而且不停地蠕动，就像被人用刀子刚刚砍出来的新鲜的伤口，旧血液凝结着，新血液汩汩地流淌，她死了么。

在仿造的鼓声中，你始终注视身边的紫云。你渐渐看清了裸体紫云，她的裸体随着阳光，随着植物的枝叶和昆虫，悄悄地生长。你面对山丘上种种细微现象，忘却了轮回不息的时间和境遇，你曾拥有的全部活力，经由目光和指尖向外放射，越过横躺的紫云，向山丘周围的虚空放射着，你几乎晕厥于苏轼之后的瞬间。你用右胳膊推动身边事物。你已很虚弱。鼓声发自体内，鼓声是你的脉搏，使你慌张不定。你伸手推动，紫云僵直地翻过身去，伤口消失了，白被单从她腿上滑落，紫云背对着你，散发她的体臭。你看见紫云的背部没有伤痕，脊椎骨长得出奇，一直延到股沟的阴影里，像某种昆虫的尾刺那样，隐藏而公开。紫云着地的一侧，皮肤呈现暗绿色。你眼前只有那暗绿的感觉，如同处于极度饥饿或疲劳。你几乎看不见那条白被单。山丘上充满暗绿，白被单滑落到阳光最初的落点，继续滑落，一群褐色蚂蚁从土壤深处蠕蠕而出，爬满那条白被单，在白色和暗绿之间聚集如画，你说这样的景象可能么。

·第三章·

15. 白痴过桥

亲人们把我从大柴垛顶部抬下来，这件事似乎很久远了。这件事确实发生过，虽然没有史书记载，它的史事性质并无多少损减。这件事和其他事件被记忆，也被遗忘，在记忆和遗忘的交错中，它融入叙述者的想象。如果没有意外，想象是一切事件的最终归宿。我被亲人们伸出的八只大手托举着，抬下大柴垛，重新接近了地面。我双腿盘曲，神情漠然，与亲人们团聚的日子里，没有任何喜悦，连假装喜悦的能力，也没有。我的白痴形象很顽固地出现在事件的中心位置，它是事件发生的另一种说明，也是整个事件赖以存在的最初的原因。

为了把我盘曲多年的双腿重新拉直，使我能拿出行走姿态，以配合他们设想的疗程，亲人们大伤脑筋。我的腿经过多年废弃，又在大柴垛顶部遭受日晒雨淋，是否像草茎一样变得枯朽呢。谁也不能判断，我的腿究竟还能承受多大拉力，或者压力。亲人们握住我的脚踝，小心翼翼地往外拽，由于过分谨慎而紧张，手心里全是冷汗。我的双腿盘曲着，没有一点变化。亲人们对我的治疗活动，似乎要受挫折于畏惧心理，他们畏惧骨骼和皮肉的断裂，不愿意毁坏任何肢体，哪怕它属于一个白痴。在亲人们不知所措的时候，我父亲从外面挤进来，拨开其他人，伸出左脚，踩住我的小腹，右脚一摇一晃地独立着。我父亲弯下腰，双手紧攥我的双脚，然后整个身子使劲往后仰。

我盘曲的双腿嘎巴嘎巴地响动，表面完好无缺，内部有些东西却真实地碎裂。不管怎么说，它们被拉直了。大家都松了一口气。我父亲也得意扬扬地松开双手，好像要说点什么，忽然看见我的双腿又飞快地蜷缩起来。我的双腿在众目睽睽之下偏不争气，拉直了，又弯回去，再拉直，一松手又弯回去，显示了意想不到的良好弹性。我父亲顿时又尴尬又忙乱，满头恼火。我父亲回头看看旁边的人，什么也没说。我父亲生性倔强，死不肯认输，抓住我的腿拼命拽，直至我的腿绷得笔直像弓弦一样。我父亲用膝盖压住我被拉直的两条腿，大声地喊："搬磨盘来，搬磨盘来。"

我的双腿被拉直后，镇压在两扇大磨盘下，长达半月之久，才彻底丧失了再次弯曲的可能性，变得比正常人的腿更直溜，像两根木质拐杖。我就靠着拐杖一样的双腿站起来，并且重新学步。没有目睹当时情景的人，譬如你，很难想象我当时的步态，有多么荒唐可笑。我是一只低级木偶，做工很粗糙，机关太简陋，从上到下都死一般僵硬，走路时就像挪动某种长方形柜子。

亲人们把我从端坐状态中解救出来，这种治疗设想一天天付诸实施。他们给我规定的行程，大约有两三里地。我每天早起，大妹妹烤几块面饼，塞进我衣袋里，然后推推搡搡地催我上路。我重新开始学步的那段日子，走路比雕版印刷还慢，两三里路程，总要花费大半天。我每天从大柴垛下那幢农舍出发，走到镇上去，与少年时代读小学所走的路线相重合，只不过那时走路特别快，而现在特别慢。连接乡村与小镇的，是你从未见过的复杂的泥土大道，一条不宽的水渠与泥土大道并行很长距离，在那座石桥附近渐渐分开，流向别处。泥土大道和水渠穿过大片平原田野，被田野中四季的景色拥护着，作为我孤独行走的途径，它古老而长新。我每天从农舍走到镇上去，慢慢地走，然后站到老父亲身边。一路上很少碰见别人，偶尔碰见我的那些人，多数是昔日伙伴的儿子，或者侄子。也有更为年幼的，可能是村庄与小镇之间最后诞生的一代，他们像我一样在泥土大道上蹒跚学步。

他们与我有明显区别，因为他们是一生中初次学步，而我却回头数十年重新加入学步者的行列。他们在学习，我在努力回忆当初的学习，也许正由于这个缘故，他们行走时面露自豪之色，而我总有些羞愧。那些在路上碰见我的人，每天大约十几个，有人好奇，有人唾骂，有人看见我就摆出满身轻蔑的意思，擦肩而过。孩子们没有心计也没有约束，都愉快地朝我的屁股扔土块。通常来讲，人心可能是善良的，当他们对我失去兴趣之后，态度就平淡得多，甚至看都不看一眼，我是泥土大道和水渠并列延伸过程中一成不变的点缀之物，就连我缓慢的移动也被忽视了。我一路上半睡半醒，慢慢地走，尽管有些隐秘的羞愧，却实在逍遥。我想，这个曾经名动落城的，这个伪造的快乐天才，如今真是白痴了，而且变化的征兆极其微细，如同蚕蛹在你视线之外偷偷地变化，破茧而出的飞蛾是那么突兀，又那么常见和自然，几乎是广袤时空可以忽略不计的现象。我想，还有什么事物和现象不是他司空见惯的呢。

我以前说过，我父亲站在故乡小镇尘土飞扬的街道南侧，背对下午阳光，身影短小如钉。我父亲总被“谋生”这两个字压迫着，抬不起头来。我父亲大半生以屠宰和贩卖为事业，养活全家。他贩油贩米贩棉花，除了人，什么都贩；他宰狗宰羊宰猪，除了人，什么都宰；过了六十岁渐趋稳重，专门经营蔬菜和水果。他做最简朴的买卖，而且做出了趣味，做上了瘾。我父亲说：“一天不往街边站，头就疼，心就发慌。”

我每天经过泥土大道，翻越一座旧石桥，走到镇上去。我走在熙熙攘攘的小镇街市上，像初来乍到的外乡人不知南北（幸亏我父亲每天卖蔬菜和水果的摊位是固定的）。我的双腿像木质拐杖一样，僵直地前后移动，把我带到父亲身边。我和我父亲并排而立，就站在尘土飞扬的街道南侧，每天站到黑，然后一起往回走。我站在父亲身边，无所用心地观察小镇的街市。我看到小镇的街市人群中，还有另外几个白痴，在人群深处或边缘活动。他们虽然也是白痴，却和我完全不同，他们充满生机。我看到其中有一个白痴，长发披肩盖脸，鼻梁高耸，左边衣袖和裤腿都撕成布片儿，像扁豆叶似的随风翻卷。有人说他曾经钓起一条怪鱼，红鲤鱼，养在脸盆里，对它流泪和叹气，还发出哀婉的吱吱声。他用菜刀把红鲤鱼剁成两截，扔进铁锅煮熟了，吃掉了，剩下的鱼骨架夜里放射殷红的荧光。我看见那个吃鲤鱼的人如今被满街的人当作白痴，歪歪倒倒地走过来走过去，长发和鼻梁上结起了蛛网，他边走边唱，唱一些本地的下流歌，有时忽然停住脚步，停住歌声，独自侧耳向墙壁或一堆蔬菜倾听。他要么倾听，要么就摇头叹气，两只眼睛流出大量泪水，泪水中夹杂了半寸左右的红色鱼苗，落入街面尘土，活蹦乱跳的小幻象就那么从他眼里流出来，源源不断。我看见那个白痴和其他白痴在镇上相遇，穿插而行，就像某种重要仪式结束前必须举行的舞蹈会，我觉得那种舞蹈在阳光下特别呆滞而无邪。我看着他们，他们所有的人都不看我，沉浸于自己被限定的舞步，他们是目不斜视的另一种人。我看见那些人，他们的脸或背影如此纷乱，又如此落寞。我看见我站在街道南侧，父亲很忙碌，而我无所用心地面对事物，面对我看见的一切事物，继续站立在他身边。

泥土大道连接着村庄和小镇。紧靠小镇那一端，有一座旧石桥，桥栏像两排豁落不齐的牙齿。我每天在村庄和小镇之间行走，每天有两次从桥上走过。我过桥的时候，会在桥上停留很久。作为白痴，我有许多化名，最终归结于一个想象的名字。我和想象的名字一起在桥上停留，并没有特别的原因，或许为了看一看桥下流水从远方带来的船只，有时是大船，有时是小船，还有更小的漂浮物，它们比船更微小。桥下流水的缓急与我的思想有关，或者无关。如果没有阻碍使漂浮物中途停顿，它们就向远方继续漂浮，和流水保持同样的速度。每逢乡村和小镇的节日来临，我在桥上停留的时间会更长，而且对水面的漂浮物，我也会更加厌烦。我觉得它们太像我自己，因此很想让它们沉没到河床底部的深沟里去，不再浮升。我从衣袋里掏出几块烤面饼。一块接一块地扔向桥下的水面，指望能将其中一些漂浮物击沉。我发现那是个错误，扔下去的烤面饼像所有往事一样，很快就变成新的漂浮物，浮升到水面上。

16. 单身囚禁

小说的正确途径有多种，而备受指责的一种可以称之为“闭门造车”。就词义分析来说，闭门造车起码有这样的危险：把造车的工作过分寄托于冥想，自以为精妙，忽略了造车工作所必需的事仿性和实用性；在门窗紧闭的房屋里埋头造车，由于想象力随意发挥，可能造出某种过分夸张的车型，譬如车轴弯曲或轮子半径超过某种限定，结果造出的车不能行驶于一般道路，甚至连大门都出不去。危险是显然存在的，然而小说之车依然可以闭门而造。对于写作者，小说本来就是一种幻想之车，它只需在内心体验的轨道上滑行。一切模仿得来的东西和旨在实用的设想，全可以抛于脑后。

入秋以来我正是用“闭门造车”的方式写作白痴的故事，而且我至今相信这种方式是写作小说最正确的途径。我认为每一个从事精神劳动的人，都可以在自己的房间里寻找到全部材料，并且在自己的房间里，设计所有的操作工艺，直至幻想之车最终得以完成。我对许多孩子说过同样的话，当然是在丧失语音之前的日子里，我对孩子们说：“每一个人的经验范围，每个灵魂所涉及的领域，是相对完整的，所以你在自己的生命中，就能看见一切。”我还说：“你的生命像一个房间，四壁透明的房间，你只能站在自己的房间里工作和休息，或者向四周眺望那些无垠的外部景象。”我知道，这种想法可能是偏误的，可我的多数工作都基于这种偏误的想法，难以更改。我就是以此为依据来描述那个白痴及其内心世界的，我以自身为依据，描述和分析那个白痴的各种症状，可见的和隐在的症状，还有他可能涉及的生存体验，一些不可言说的感情。

作为一个自我复制自我生殖的白痴，我就像M.C.埃舍尔画面中的那些神秘幻相，它们在两种维度不同的空间内自由往返。我并不认为这个白痴是崭新的，应该说这个白痴是尘封多年的旧物，如今怪异地来到你眼皮底下。我的症状都相当陈旧，我带着满身陈旧的症状重新出世。我离开水井和竹子，到达落城又远离落城，到达大柴垛又被抬下大柴垛，我在似曾相识的乡村和小镇之间作无谓的行走，直至有一天重返大柴垛顶部，重返我的端坐之地。我不认为这个白痴的重新出世对世界有什么重要，白痴总归是白痴，正如你所熟知的那样，白痴在任何时代都低人一等，都是人群中游移不定的异己分子，都显得形迹可疑。从开始写作的那天起，我就试图把笼罩自己的白痴幻想一股脑儿打碎，以祓除使我痛苦万端的魔法。然而魔法一旦附身，幻象一旦形成，就与你血肉相连，不可分解，除非你连同自身一起销毁，你不能使自己离它半寸。我悲哀地发现，唯有分析和描述我自身的种种症状，才是我力所能及的工作，也是我在灾祸与幸福的险境中可以获取的唯一自由。

相对而言，我是白痴家族的后来者。我蛰伏九百年重新出世，身上的症状很陈旧也很繁多。为了更简洁地描述和分析，我将从我血肉之躯的几个重要方面入手，重要的方面对于一切人都是重要的，我选取这些重要方面，譬如发音器官和听觉器官，还有面部肌肉，它们都属于人类的头部或者与头部十分接近。在这些重要方面中，我认为最基本的症状是丧失语音，也就是哑巴。那癸巳日的毁容幻觉使我陷入绝境，而绝境最明显的标志，就是语音的丧失。尽管我的发音器官并无可见的损伤，一切组织都像往常那样柔软，那样贮存着行之有效的血液，却不能发出任何语音。我丧失了语音，丧失了自我辩白的能力，也丧失了对于爱情来说至关紧要的环节，譬如含有哽咽的请求，流利的誓言，和口齿清晰的笑话。我对所有提问和责难都无言以对，我的内心话语受阻于喑哑，被喑哑切断了通往体外的途径。有时我感到那些内心话语离开喉管声带和舌根，企图绕道而行，一窝蜂涌向面部，它们在面部深处寻找人类表情赖以运转的轴和齿轮。它们永远地失望，它们发现所有的轴和齿轮早已瘫痪了，不再运转，也就是说我不仅丧失语音，而且丧失了表情。那个癸巳日的毁容幻觉，从深处击碎了我的表情，右半边脸僵硬，左半边脸也渐渐僵硬，我的整个脸部处于彻底的麻木状态，连幅度微小的抽动都消失了，事实上我的脸部只剩下固定不变的木然的痴态，一种无情的表情。

我的第三种症状纯属假象，甚至是假象中的假象。由于我既不能用语音，也不能用表情来传达心意，传达我体内自生自灭的欲望，对于外部事物主要是他人语音，或语音的各种替代品，一切有意味的声籁，我无法做出反应，我被视为失去听觉的人。虽然第三种症状是不真实的，是其他症状所虚构出来的假症状，我却永远不能申明其中原委了。我敏锐超常的听觉被假象遮蔽，永远地遮蔽着，就像真正丧失了一样。所以从九三年的后半夜直至死亡降临，我只好作为一个既聋且哑的白痴，出现于世间，接受可笑的命运，同时接受亲人们出于关怀而施加的种种治疗。令人悲伤的是后者，亲人们用心良苦，不厌其烦，而他们所做的每一种治疗，都深深折磨着我，使我陷入更深的绝境，或者说我永远处身于求援之手无法到达的地方，没有光，也没有生机。

如何为你描述和分析一个白痴的症状，描述和分析他此刻的境遇，以及他在此刻境遇中可能产生却无从表达的内心话语，这是我此刻主动承担的责任，必须克服而又难以克服的难题。我还想为你寻找一个具有吸附力和穿透力的词汇，使你面对层层叠叠的白痴故事时有一种冷静的心理，使你深入错综复杂的智慧之后，仍然能记住那最简单的归途。然而我应该怎样工作，怎样克服，或者说怎样寻找一个词汇呢。

17. 从中秋到重阳

从中秋到重阳对我来说似乎是永恒的困难时期。

苏轼跟着他的招风耳父亲离开蓉塘小镇的街道，过桥回家。父亲走在前面，与身后的儿子大约总有十几步间隔。父亲不需要回头观察，径自往前走。父亲走在石桥上，走在泥土大道上，就像走在自家的屋檐下，闭着眼睛也不会走错。父亲很担心身后的儿子，那个连祖传姓氏都擅自更改的白痴，那个梦想自己曾经是快乐天才的人，他对故乡的道路太不熟悉了。尽管前面有父亲引路，谁说他就能摆脱误入歧途的危险呢。那样的人，生来就是要出错献丑的，如今只好在错误和羞耻中聊度余生了。那样的人，父亲边走边想，我儿子竟是那样的人。父亲有一对招风耳，监听身后的动静，并以此判断那个不肖之子的举手投足。父亲忽然停住脚步，渐渐变得圆满的月亮升起来了，你看到树影越来越黑。父亲觉得身后的脚步声过于稀疏，就停下来喊："苏轼。"父亲一开始喊得很轻，像自言自语似的，可我听见了。我什么都听得见，父亲的喊声，蟋蟀声，露水和落叶相互碰击的声音，我的耳朵比父亲更灵敏。我只是无法答应。我听见父亲在前面继续呼喊，他的音量在夜空中被无限放大，又被缩小。父亲并不回头，朝着任意的方向喊："苏轼，苏轼呵——"

从中秋到重阳共计二十四天，我没有享受过一天快乐，农舍离大柴垛有百步之遥，也不是我的久留之地。苏轼在圆满的月色中过桥回家，看见农舍门前的空地上，摆了一张桌子。苏轼看见空地上的桌子简朴而孤独，布满了九三年秋天的果实。苏轼看见了半截带泥的藕，新鲜菱角，茨菰和芋苗，饱满的花生。苏轼看见的东西，都是我所爱之物。在各样果实中间，放着一碗清水，是从井中汲取的清水。苏轼觉得那一碗清水，映照出整个秋天全部的月色，就像我僵硬麻木的脸，映照我全部的心情，一丝波纹也没有。苏轼看见他的父亲，弓着腰，点燃一束土制的檀香，开始朝天作揖。苏轼站在父亲身后，觉得自己如同站在童年记忆里，既惧怕那种单薄浅显的伤感，又流连其中不能自拔。只有桌子上摆放的果实和清水，越过苏轼和我的一切想法，它们在月光下圆满自足，向我们提示某种将被遗忘的稳固的意志，而不是假想出来的乡村。这时候父亲转身对我们说：“苏轼苏轼呵，你还记得有一年中秋节正好碰上刮风下雨，你还记得么？”

苏轼什么都记得，苏轼望着父亲的招风耳，说不出一个字。苏轼想，语音是多么重要，也许比大地产生的一切果实都更为重要罢。

在冥想和独语的私人世界中，我没有困难，那种纯粹的行走，连它的障碍也是纯粹的。我的困难在于我不能重返日常生活，譬如说与大柴垛下那幢农舍及其门前月色有关的生活。苏轼看见母亲从农舍里走出来，大妹妹挎着一竹篮桑叶从远处田野里走回来，单薄的身体向左边倾斜着，倾斜得很厉害。苏轼觉得那种倾斜的姿态，和死去的假奶奶十分相似，或者说那种因负重过多而倾斜的姿态，在大柴垛下一家人生活中像主要的遗产那样代代承传，是一种传统。苏轼看见大妹妹在大竹篮压迫下倾斜着身体，渐渐走得很近，她此刻近在眼前。苏轼觉得自己与日俱深的端坐姿态和笔直行走的姿态，有多么虚妄，至少在农舍门前多么虚妄，虚妄而执迷。

母亲走出来，大妹妹从远处走回来，都走到门前空地上，两个人的身影叠连着，月光太明媚了。母亲伸手接过大竹篮，把桑叶倒在空地边缘，桑叶松散开来，变成一大堆黑色的东西。

18. 五间屋

苏轼的故事重新开始。我真想把一切从头说起，苏轼的父亲是个被偶然领养的弃婴，苏轼听说自己前身是妇孺皆知的快乐天才，苏轼小时候两次溺水并昏迷七天七夜，苏轼离开水井和竹子远赴堕落之地，苏轼在民事法庭上接受道德审判，苏轼和紫云漫游椭圆岛，苏轼被当作白痴遣返还乡，苏轼到达大柴垛顶部并端坐，苏轼看见雨中灯在百步之外闪烁，苏轼究竟是不是苏轼或者说他究竟姓甚名谁，苏轼在泥土大道上行走，在石桥上停留，苏轼将如何度过从中秋到重阳这段困难时期，苏轼此生究竟能否获得幸福或者遭遇更大的不幸，苏轼的妹妹把婚期订在中秋节后第几天，苏轼如果真是身患重病有没有治愈的可能，苏轼去过海南岛么，苏轼背靠桄榔树做了什么样的梦，苏轼有几次死于舟中，又有几次死于假想之火，苏轼诵读前生写作的诗文后暗自惊奇，苏轼多年后醉卧沙场，苏轼娶过几房夫人，其中同姓同名者长相是否接近，苏轼转世投胎为什么变成白痴，重要的是他面对这个奇怪化身，是哭还是笑，他那深沉豁达的性情还能够一如既往么。

大柴垛下的农舍自东向西并排有五间屋，清一色青砖青瓦，屋子里面有披红挂绿的民间装饰，屋子门前一块长五十步宽约两丈的空地，隔着砖铺过道，东边是厨房和蚕室，顺过道往后是院子，院子被土墙围着，院子里有一口水井，两棵枇杷树和一棵柿树，院墙上牵满了扁豆和丝瓜，绿叶纷纭。这就是父亲创造的可见的成就，父亲伸手指点着五间屋，对苏轼说这全是你的。父亲说这全是你的，父亲的话让苏轼很茫然。苏轼知道在乡村只要是儿子就要继承房屋，因为自从每一寸土地收归国有之后，可以承传的唯有房屋了。苏轼更晓得父亲的心事，父亲多希望自己的儿子能风光在外荣归故里呵。苏轼想，其实父亲的房屋该留给另一个儿子，这全是他的。当初给假爷爷和假奶奶养老送终，父亲没得过一间屋。父亲继承的家业是两支筷子和一只豁碗。父亲常说，我无非是忘不了那些焦煳糊的有苦味的烧饼，你爷爷从镇上回家，怀中揣着卖不出去的糊烧饼，每天都有，真弄不清他是否有意烤煳的。我父亲啃着糊烧饼渐渐长大，挎起笸箩在镇上沿街卖烧饼，一天挣几枚铜板。父亲常说现在的孩子不行，我当年十一岁就自己谋生了。他说的谋生，就是指卖烧饼那回事。他身材矮小，伸直胳膊才摸到柜台边缘。他每天早晨把笸箩举过头顶递上去，店主就把烧饼一五一十地数着，放进笸箩，然后俯身对他说："长烧饼是咸的，圆烧饼是甜的，都不许偷吃。"我父亲认为人生在世什么都是假的，只有谋生二字是真的。他一再对苏轼讲解这二字真诀，却收效甚微。苏轼想，假如我更早领悟谋生二字，也许就不会沦为白痴罢。未满十六岁的时候，我父亲乘船去落城，其实是离落城很远的郊外，进矿工做工。现在你问我父亲，说那矿区是挖什么的，挖煤，挖铁，还是挖金子？他准会摇摇头说，不晓得。他又说："管它挖什么，我每天挖就有饭吃，我是为了谋生呵。"进矿区不久，他被选送到文工团演戏。他哪来这么好的运气，自己弄不明白，有时只好说："老实人自然交好运。"其实我父亲倒真正是演戏的好材料，扮这个扮那个，都扮得十二分真切。最出色的成绩要算反串女角了，我父亲十六岁身材又小，嗓子又脆，假扮个地主小姐往台上一站，就有千娇百媚。当然这都是我父亲喝酒之后讲出来的，看他一脸着迷的神色，想必也有几分真实。只不过老实人的好运，也交不长久，半年后我父亲回乡探亲，忙着相亲送礼帮我寻找合适的母亲，把他自己的前程给误了。等他探亲期满，矿区忽然解散了，悄悄解散，所有在矿人员全数转移去边疆。我父亲迟到一步，年轻时的独幕剧早就散戏了，只好孤零零回老家。应该说，我父亲谋生艰难倒显出英雄本色，他的还乡虽然也晦气，却与我被遣返回乡有本质区别。我父亲还乡之后才真正开始了漫长曲折的谋生生涯，而我像一个生僻的词，被造句者剔除了，我是被剔除的人。所以父亲指着五间屋（他一生的事业所在）对我说这全是我的，我觉得是个错误。苏轼想，这肯定是个错误，却无法纠正了。

父亲建造的五间屋不算很高大，屋后池塘（还是椭圆的么）里树木的倒影比较长，而房屋（从屋檐到屋脊）的倒影比较短。父亲在他漫长的贩卖和屠宰生涯中聚米成箩，积沙成塔，建成五间屋。父亲指着五间屋说："喏，这全是你的！"父亲作为建造者要把五间屋全部留给长子苏轼，这种想法由来已久，甚至早在房屋建造前就已形成了。对于家里每一位成员，对于村庄和小镇的多数居民，这种想法是公开的坚定的，没有推敲的余地。父亲之所以要将这种想法重新提出来，并再三地向苏轼申明这种想法，是因为情况有了变化。父亲说："苏轼苏轼呵，别看你今天这副样子，你怎么着也是我的儿子。”父亲的意思是说，即使苏轼现在变成了白痴，即使苏轼一病不愈将来还是白痴，他把五间屋留给苏轼的想法也不会变。从中秋到重阳的日子里，父亲几乎每天都要指着五间屋说：“苏轼你放心，这全是你的。”苏轼后来才知道，这么做是父亲的律法，当他被遣回乡时，父亲建的五间屋还存在着，并且是为他保留着。他并未参与过房屋的建造工作，而参与建造的妹妹们，由于他的归来而成为寄居者。这是父亲的律法，甚至在身后也要保护这个已成白痴的儿子。

大妹妹已经长大了，比母亲高出半头，这是苏轼近来看见的事实。大妹妹究竟比自己小几岁，属什么生肖，苏轼从小就记不住，只觉得自己是孩子的时候，她也是孩子，等自己长大成人进落城了，她还是个孩子。苏轼与大妹妹之间的年龄差距，由于大妹妹的年龄滞阻在某一点上，显得逐年增大。苏轼觉得大妹妹待在时间的某一点上，向自己观望。直到有一天苏轼作为白痴被遣返回来，坐到大柴垛顶部，看见大妹妹从那一点倏然站起，朝前猛跑着，赶上了自己。她几乎是一天之内长大的。九三年的中秋之夜，家里人围坐在门前空地上的桌子周围，谈论着两个重要的话题。苏轼当时也在场，站在他们身边，却无法参与他们的谈论。家里人首先谈论了大妹妹的婚事，大妹妹确实长大了，她的婚期就订在重阳节。苏轼发现家里人一边谈论，一边朝自己窥视。他们谈论第一个话题，窥视第二个话题。苏轼知道自己就是家人不愿谈论又被迫面对的那个话题，或者说那个困难。苏轼听见父亲短叹一声说："要是他没病就好了。"苏轼听见母亲说："他这个样子，实在让人为难呵。"苏轼听到大妹妹说："说有什么用，说有什么用，他能听见么。"大妹妹确实长大了，她说完那句话，连晚饭都不吃，就躲进房里去了。

自从被亲人们抬下大柴垛，苏轼的病情似乎更加重了许多。在大柴垛顶部的时候，苏轼只不过端坐不动。那时候苏轼无非是一个寓言中人，尽管有这样那样的虚拟性质，也还可以端坐高处自成一统。现在不同了，苏轼被抬下来了，他的端坐状态被打破了。他既与本身的身份相脱离，又不能进入农舍门前的生活情境，获取新的身份。他成为这个世界上另一种无业无籍的游民，徜徉在乡村和小镇之间。他永远是在家的异乡之客，僵直着双腿，站立和行走。由于原先的距离（大柴垛高度 × 难以测定的一百步）被拉近，苏轼身上的那些症状，就一天比一天更夺目，也更难救治了。他眼看着大妹妹把筷子丢到桌面上。大妹妹躲进五间屋最西端的房间，再也没出来。

19. 二踢脚

苏轼重返大柴垛顶部继续端坐是必然的，而且那个日子不会太遥远。苏轼在九三年转世投胎，原本就是个寓言中人。作为虚拟的寓言中人，他必须与当初指定的寓言底座相吻合相连接浑然一体，才不至过于虚幻，要知道虚幻的形象即使出现，也难以久留。

虚幻的形象在这个世界没有立足之地。我说的是那种宣告了自身虚幻性的白痴，他确实就是白痴。因为渴求生存的人，哪怕有一线机会，也要坚称自己是真实的，而泄露机密对于任何人，都是需要立马回避的危险。你向公众宣告自身的虚幻性，你泄露最深的机密，还不是“找死”么。当然，我和苏轼对于真实一词的看法与众不同，我们认为通向真实的道路由幻象铺设，首先要不断呈示幻象，呈示你的感觉经验所能涉及的幻想，把幻象呈示工作推向个人极限，当你临近那个极限时再反戈一击，宣告你的呈示行为和呈示之物的虚幻性，亦即你呈示行为的最后一环必须是自我取消，甚至自我摧毁，在这样的背景中才能有真实的“真实”诞生出来。我对苏轼说：“那些吊在真实脐带上的人，不可能识破幻象，也就不可能真实地面对那个真实了。”苏轼将右手伸过九百年岁月，伸到我面前摇一摇。也许他想对我说：“苏轼苏轼呵，你本身也无非是一种构造复杂的幻象罢。”我说：“是的，我是遭受幻象打击的幻象， 在这一点上我和你多么相似，相似得如同一人。”从中秋到重阳依然是我困难重重的日子，命定的一切迟早会到达，而我作为幻象和幻象运转的第一推动者却必须不停地推动，譬如说我对苏轼如何接受治疗，以及亲人们如何最终失去信心而放弃对他的治疗，苏轼又如何重返他的端坐之地，我对这些无中生有的事件，主要是对其过程担负着不可推脱的责任。我呈示了幻象：经过研究和记忆的交叉小径，我让苏轼带着陈旧而行将剥落的内心幻象，像花猫一样走来。我和苏轼共同担负的责任，我觉得既严重又荒唐，所以我此刻的心情准确些讲就是哭笑不得。

小时候我和苏轼一起到镇上偷看了许多事物和场面，我们的童心被偷看的乐趣滋养着，对未来疾病毫不在意。有一天，我和苏轼偷看了父亲杀羊的情景。我们偷看了整个下午，我们就那样头靠头挤在窗口偷看，没有被别人发觉。我们只能偷看，如果父亲知道我们在窗外看，他可能就心慌了。起初父亲在镇上的屠宰场做帮工，渐渐崭露头角，成为屠宰场内未入正式编制的主刀手。那天下午父亲杀羊，杀的是山羊。我们看见他拎着一把“点红”（就是戳喉咙放血）用的柳叶刀，在拥拥挤挤一大群山羊中巡视，然后就开始了工作。父亲伸手抓住他选中的山羊，抓住山羊的犄角，另一只手稍加帮助，把山羊摔倒在案板上。我们记得那张案板是紫黑的厚重的肮脏的，屋顶有下午阳光如箭一般钉入案板的一角，那张紫黑案板是世界上最厚重最肮脏的东西。我们看见山羊在那张案板上四蹄乱蹬，山羊雪白耀眼地陷落到紫黑的死亡里去，至今残留在我们瞳孔深处的，是一种越来越弱渐趋平息的颤抖。山羊由生到死实在太快也太简单了，即使我和苏轼目不转睛，也没有看清山羊是怎么被了结一生的。我们看见父亲手里那把尖刀，一会儿轻快地点红，一会伸进盛血的铁皮桶里搅动，被运用得十分娴熟自如。我们隔窗偷看的情景，像某种快乐梦境。后来我们目睹了杀羊者那天下午遭受的挫折，因为他终于选中一头很难对付的独角老山羊。父亲倚在案板一侧，看着他选中的必死的活物，脸上露出笑意，那笑意既自信又安详，好比研究者注目于非我莫属的重要课题。他没料到情况竟会像后来发生的那样。前面所有程序都平淡无奇，尖刀戳破山羊的颈部，豁口只有拇指肚那么一点大，细细一股血冒出来，充满弹性。铁皮桶很快就满了，桶中之血（我想起女人写的“瓶中之水”）淹没了尖刀的木柄和杀羊者右手的指关节。我们看见那一股细细的血流，渐渐失去弹性，变得像雨后的檐滴，嘀嗒嘀嗒，嘀——嗒——。我对苏轼说：“瞧，血流光了，老山羊完蛋了。”苏轼没吭声，继续往里看。我们看见我们的父亲，已经直起腰来，也许想擦擦染血的刀尖，或者歇一歇。就在那个松弛的懈怠的无意义的瞬间，我和苏轼发现窗内情景发生了猝不及防的变化。我们看见独角老山羊横躺如尸，忽然翻身爬起来，前蹄轻轻一纵，跳下了案板。独角老山羊雪白耀眼，颈部有一个鲜红的豁口。它绕过人类的小腿，摇摇晃晃往前走，撞翻了几只板凳和空木箱，乒乒乓乓。独角老山羊一直往前走，像吃得太饱似的，四条腿颤颤悠悠，它要走到哪里去呢。我掉头问苏轼，我说如果它不死，它要走到哪里去呢。

亲人们对白痴（苏轼，我）所做的实验性治疗，迄今进展缓慢，事实上仅仅迈出了第一步，即打破其端坐状态。他们无法摸清一个白痴的症状，无法打破更多的东西。从中秋到重阳这一段日子，他们压抑不住焦虑之心。他们抓紧了设想中可能奏效的疗程，三步并作两步地实施于白痴之身。不是他们驱赶着什么，而是什么驱赶着他们。他们反复进行的实验性治疗，有一个根本指向，就是要使白痴对外部世界种种刺激有所反应。他们面对着白痴，就像面临一道深渊，那狭长可怕的深度，使他们很朴素的生活表面，映出了危险。他们始终摸不透白痴的症状，那症状也许是无限的，也就是说面对白痴，他们无从下手，既关怀又仇恨。所以在治疗过程中，他们一边实验种种的卑劣手段，一边咒骂。除了自己与白痴的血缘牵连，他们还咒骂如下事物：猪、菩萨、壶、棉布、地方戏、板凳、纸、雨后泥泞、膝盖、机器、洞、发红的云彩、砖、铜钉、老师、油、树叶、时间和昆虫、逗号、引号、黑眼镜、乳尖和棋盘。他们咒骂了互不相干的无限事物，以此表达对白痴的仇恨和关怀，他们只不过表达了某种复杂的心情。就这么回事，难道你真的会信以为真么。

从中秋到重阳，亲人们把苏轼围在中间，进行治疗和观察，观察和再治疗。他们在大柴垛下的农舍附近，水边，草丛，菜畦，稻田和豆架，他们甚至挖掘门前空地，找来各种各样锐利的东西。他们把所有锐利的东西（锥子、针、锈剪刀、碎瓷、玻璃片儿等等）当作医疗器具，分别向苏轼身体的重要穴位招呼过去，戳刺、捶、按、揉、划。他们在苏轼全身上下弄出了无数豁口和洞眼，试图获取一个白痴对疼痛的反应。可是，由于前面所写的也许不甚完备的前提性叙述，苏轼丧失语音和表情，丧失一切表达途径，我们可以想见他身受剧痛而不能做出相应的反射动作，也不能对别人申述这种痛苦，甚至被锐利之物戳穿皮肉的那些部位，都不能以抽搐和颤抖来求得宽容。苏轼作为一个白痴，内心澄澈，感受到最细微刺激和疼痛，却无法表达，这是否是一切白痴的共同遭遇呢。

几天后亲人们转变方向，开始注意于苏轼的听觉。你肯定了解（因为你读这篇小说并善于想象）苏轼的听觉有多敏锐，他获得招风耳父亲的遗传，在他所有感官中，听觉是超常的。苏轼听得见无限遥远的蟋蟀声，大海彼岸那个紫云的喘息，还听得见你此刻默诵文字的无声之声。你知道，君特·格拉斯的白痴以铁皮鼓和震碎外界物质的喊声为特殊表达的手段，苏轼则正好相反。外部世界以种种敲击和喊声向他表达，就像某种急切的询问不断变换语调，要取得苏轼的反应。他的内心几乎被那样的询问之声炸碎了，但他无法应答。亲人们施于苏轼的治疗活动，在重阳节那天才到达高潮。我是说，人们总因为绝望才能抵达高潮，什么事都一样。经过艰苦尝试之后，亲人们感到绝望，有两三天时间只是围着苏轼，却不作任何举动。日子过得快极，转眼就到重阳节了，那一天恰好是霜降日，也是大妹妹出嫁的吉日（有一次我偶然翻开一册大开本皇历，发现九三年重阳并非吉日，不宜诸吉事，只可祭祀或平整道路），亲人们忙于协办婚宴。父亲爱好大场面，重阳节那天办喜事，请来的客人如流水，虽说尽是些远近乡邻，场面倒确实可观。亲人们忙碌一整日，黄昏时要放爆竹，忽然想起了苏轼。亲人们都惭愧地想，怎么把他给忽略了，真不应该。亲人们手里掂着爆竹，都说："我们不妨再试一回罢。"重阳节是个节日，爆竹买得特别多，七八颗"二踢脚"，比酒瓶还粗大。亲人们把苏轼拉到门前空地上，都说再试一回罢。亲人们就贴着苏轼耳边，燃放爆竹，燃放所有的爆竹，一颗比一颗响亮。我是说，外部世界最响亮的声音，在苏轼耳边炸响和回荡。他内心所有窗户的玻璃，都被震裂，被震得粉碎，而他内心耸峙的建筑物像遭到定点爆破那样，简洁而悲惨地倒塌。你看见苏轼的内心广场，如今一片瓦砾，布满了尘烟。

20. 遍插茱萸少一人

很显然这里就是深夜是深夜后的深夜。世界上各个地区时间不同。这里深夜隔壁的人早就不穿衣服了，窗外太空洞，实在太空洞，所以紫云想把窗帘放下来。空洞的窗外像有某种超越人间的磁力，我什么也看不见，或者本来就空无一物，我窗外的空间太旷远了，它直接与夜空融合，它就是夜空；而我的视线却不能从那个空洞中摆脱，我只有把窗帘（印着飞鸟，印着果实和水纹）放下来，窗帘由很厚重的材料制成，即使无法遮挡窗外无边的空洞，我想它总能遮挡我的视线，让我的视线与空洞之间有些实际的隔离罢。所以我想把窗帘放下来，此刻就把它放下来。紫云伸手拽一拽窗帘拉绳，一股红色，一股黄色，尾梢系着鱼形的金属坠子。紫云感到窗帘的拉绳很涩，也许被什么东西卡住了。紫云想把窗帘放下来，赶紧放下窗帘，我不要看那空洞，它使一切过于遥远，似乎在彼岸的彼岸。紫云用劲拽，还是纹丝不动，窗帘高高卷起，拉绳沿墙壁下垂。有一天你对我说你写这个人写那个人，其实都是写你自己，这话不无指责的含义，却切中要害。是的，你说得对，譬如此刻紫云呆立窗前而不知所措，这样的情境与我自己所处情境是多么相似，而且所有在后半夜的叙述中隐没和出现的人，假如不是我自己，那会是谁呢。只不过他们偶尔也会比我更愚钝更机敏，或者更不幸更有趣，我是说他们确实是我自己，却可能比我更为逼真。紫云呆立窗前只是瞬间之事。现在你看见紫云推来一张蓝色尼龙转椅，左手撑在书桌边缘上，右手稳住转椅的靠背，以一种常见而古怪的方式，爬上窗台。我和紫云在异国的窗台上站直身体，开始整理窗帘的拉绳。我发现拉绳确实被东西卡住了。难怪窗帘总也放不下来呢，原来它被卡住了。

手是潮湿的，灯光照着满手都是亮光，摸到什么就留下水印；手是孤独的，它所触及的东西就特别纷繁紊乱，孤独的手搅乱秩序和理智，孤独的手渴望毁弃它所触及的一切，生活的表面花纹；手是软弱的，它想抓举的事物过于沉重，沉重而坚固，使它很早就远离劳动和欲望，没有欲望是一种能力，是一种掐死其他能力的能力；手是绝望的，十指相互击打和抓挠，在虚空中抓挠虚空，在绝望中击打绝望；手是垂死的，它丧失劳动，丧失所有抓举和抚摸的回忆，它垂死，它是无核之果没有再生的机会；手是雪白的，挂在一具假想的身体两侧，醒目而易忘，掌心渗出的汗水很快被吹干，它触及的事物陷于永恒，而它自身从事物中间逃脱，它雪白地向高处举起，雪白地消失到雪白的光线之外。

紫云站在异国的窗台上，慢慢理清拉绳，放下了窗帘。紫云掀起睡袍的袖子，把手擦一擦。紫云踩着蓝色尼龙转椅，把身体从窗台移向地面，这都是瞬间发生的事。紫云的睡袍宽大轻柔，前后印满山茱萸，一种她从未见过的植物的图案。紫云在这些瞬间里，没有想到任何人，也没有想到她曾狂乱叫喊的那个名字。紫云一只脚踩着转椅，一只脚落向地面，身体和身体内外胀满气体的温暖的空间，都跟随她移动着。

紫云和我们一样，会突然滞留在移动过程的任意一点上不再移动，把我们置于脑后。她和我们正如一纸相隔的两种幻影，又贴近又分离。

21. 安徒生

苏轼重返大柴垛顶部并继续端坐是必然的，这话我说过么。苏轼重返大柴垛顶部，因为他在地面上丧失了表达能力和劳动的能力（对于我这样的人，有时这两种能力是同一种东西），还丧失了随两种主要能力而丧失的种种生存机遇。苏轼重返大柴垛顶部的故事，发生在重阳节那天的后半夜，喧闹达到高潮然后一片沉寂，大柴垛和大柴垛下的原野，百步之外的农舍，九三年初次结成的霜花一刹那遍布其间。再过些日子，就要入冬了，这话我说过么。苏轼在大柴垛顶部恢复了端坐之身，仰望和俯视已没有区别，所以他不再俯视，也不再仰望。苏轼想引燃大柴垛，他想与他的寓言底座同归于尽，这话我说过么。

事到如今，一切说法已无法更改。可是我多么愿意把一切从头说起呵。假如能够做到，我将继承那个伟大的童话作家的衣钵，继承他朴素明白的语体，和他无可替代的沉郁而天真的构思。假如已有的说法能够推翻，我要把一切再从头说起，或许只有这样，我才可以借助疯狂和平静的独语（独语就独语，摒绝商讨和对话），度过后半夜、度过空洞寒冷无所用心的季节。我只有度过，才能到达，多么鲜明无疑的道理，而我却把它忘记，在叙述中急于说明和判断，犯下无穷的过失。假如我能借用那个童话作家的基本发音，从头讲述我和苏轼在人世间互为化身的奇妙情景，该有多么幸福，这话我说过么。

苏轼在涌向未来的人群中已无立足之地，趁着后半夜的夜色，他独自返回大柴垛顶部（没有帮助，他是怎样爬上去的呢），从今以后的灾祸与幸福都成为遥远景象，他和他的寓言底座将焚毁于当下的感觉中，这话我说过么。苏轼作为人形生命（他不愿意作甲虫或其他什么）四处行走寻找端坐姿态的过程，就是他逐步消失的过程，这话我也说过么。苏轼想，我已无法产生更多谈论。苏轼在最后的想象行为中，认清自己是一个裸足而行的小女孩，沿街飞跑和小鸟一样。假如苏轼回头看一眼，就会发现自己收藏的火柴，或者其他引火之物，都从衣袋里溢出，掉落在遍布霜雪的地面上，一根不剩地掉落了，再也无法捡回。

时间已经很晚了，

我必须把一切交给你。

1993年10月9日

银色老虎

我愿意双手空空
仅仅奔你而去

1

我从小寄养在聋婆婆家，只有过鬼节祭祖先的日子才被送回父母的身边。聋婆婆家的屋后有个很深的井潭。我在井潭里第一次见到了那只银色老虎。我要说的许多往事都与银色老虎有密不可分的联系。形象地讲，银色老虎的四只脚爪很灵敏地一伸一缩，行走在我幼年记忆的草丛里时隐时现，具有某种震慑人心的气派。

2

我的话必须从井潭开始说起呢。井潭，这是蓉塘小镇周围十八里乡村遗留的一种古老的蓄水方式，顾名思义就是说其形如潭，而深度则与一般的水井不相上下。这井潭是一定要保持清洁的，绝不允许女人们在里面涮马桶，或者洗那种不方便的内裤。通常的井潭方圆不过几丈，只够靠在岸边的三两户人家吃水。有时也意外地作“消防”的用途，用来浇灭草垛或猪栏的火灾。聋婆婆家的井潭，我听说是这样形成的。

一条没头没尾的小河，流淌了多少年之后，忽然要被填平。人家从两端填过来，想造就一条带状的面积有限的良田。聋婆婆天生的倔脾气，好说歹说不答应，硬是拒绝了村民的造田愿望，保留下屋后边四五丈长一截小河。又花钱请几个外村的人将这一截小河继续深挖下去，大约挖了一竹竿深，水从此变得深绿深绿的，这就成了从众多井潭中的一个。村里人把这儿称作孙家井潭。我想，聋婆婆什么时候姓孙的呢？

3

在我小的时候，井潭是一处不可接近的禁区。聋婆婆总是说我命里有水，万一掉进水潭，恐怕救也来不及的。但我是多么向往井潭里的世界呵。村里有个叫冬的小男孩，比我大一岁。有一回，冬抓到一只很小的乌龟，来和我玩。小乌龟真可爱。它仰面朝天躺着的时候，头也伸出来，脚也伸出来，徒劳地在空间里划动着。它一肚壳焦急，就是翻不过身子。我们又把村里一个小女孩也喊来一起玩。小女孩名叫娟，和我同岁。娟的头发又稀又黄，在头顶心扎了棵名叫“一炷香”的小辫辫。娟凑到冬的身旁，羡慕地问：“小乌龟呀！冬，你怎么捉到的？”冬耷着眼皮说：“在井潭里捉到的。”我忙问：“井潭里还有么？”冬一摆脑袋：“有，还多着呢。我刚捉到这个小乌龟时，它满身都是黑泥。我把它放在铜盆里洗得干干净净。你看，它多干净！”我又问：“你怎么晓得还有呢？”冬一边把娟的手从小乌龟身上拨开，一边回答说：“我也不知道。我妈说的。”这时，娟对我说：“根本就不是冬自己捉到的。肯定是麻姨捉的。”冬的妈妈叫作麻姨，并不是讲冬的妈妈长了满脸坑坑洼洼的大麻子，而是她的娘家就姓麻。麻姨是村里最壮实的女人，比男人还壮。冬天最冷的时候，我一大早就能从窗口看见她走过。那时她必定拎着挺大的竹篓，扛着挺重的推网，整棵毛竹做的长柄随着她脚步晃悠。聋婆婆告诉我，那竹篓里全是村边河汊里推来的细鱼细虾。所以，麻姨要在井潭里捉一只小乌龟还不是十拿九稳么。娟的话，我相信。可是这就惹翻了要强好胜的冬。冬一把攥起小乌龟，冲着我们一瞪眼，就走了。

4

从那时起，我更向往井潭里的世界了。我想到深绿深绿的水面下竟藏着许多小乌龟，心里就痒。我好几次想私自溜到井潭边去看看。我好几次已经走到了屋后的菜地里，距离井潭只差几步远。我好几次被聋婆婆揪着耳朵带回炊烟袅袅的厨房。聋婆婆指着冒热气的锅盖对我说："阿羊，乖孙子。我煮了一锅白水猪肉，如果你掉在井潭里淹死，就吃不成了。"

5

那年冬天有一段日子特别晴暖。聋婆婆打算让人修剪井潭边上那十几棵老柳树的枯枝。聋婆婆请了村里的驼五叔，要他帮忙。驼五叔是村里最老实的男人，才三十岁，腰背弯曲得像六十岁老汉。聋婆婆请驼五叔，第一是因他勤快而又沉默。聋婆婆说："第二是驼五叔的水性最好，阿羊可以跟到井潭边上玩玩，万一掉下去也不要紧的。”就这样，我穿着厚棉袄，戴着大棉帽，跟随驼五叔，去看向往已久的井潭。聋婆婆又在背后叮嘱说：“驼五，别让阿羊玩水呵。”

6

来到井潭边的时候，阳光正洁白洁白地漂在水面上。驼五叔果然又勤快又沉默，爬上一棵老柳树，开始用心地干活。我站在树下，偶尔帮他捡回一根落得太远的枯枝。我把枯枝捡在手里，觉得百无聊赖，就抬头对驼五叔说：“冬有一只小乌龟呢，是从井潭里捉到的。您说，井潭里还会有么？”驼五叔骑在树杈上干活，闷声闷气地说：“有，还多着呢。”我就问：“那怎么看不见呢？”驼五叔说：“躲在水底下。”

7

过了一会儿，驼五叔爬上另一棵老柳树。他的劳动状态，安静而又出色。他带有一把黑色的大铁剪和一张木柄的小手锯，两样工具交替着使用，进入浑然忘我的境地。阿羊拿着一根枯枝，站在井潭边，看见更多的枯枝像褐色羽毛，从老柳树上轻轻落下。阿羊仰头望着老柳树上的驼五叔，觉得那枯枝更像是从他弯曲的身体里飘零出来的。

8

驼五叔满怀劳动的喜悦，爬上一棵又一棵老柳树。他丝毫没有察觉到树下的阿羊，已经撞上了命中的水，跌落到井潭里。关于那天发生的事情，有两个主要的方面。一个是驼五叔的劳动，一个是阿羊的落水。由于注重驼五叔的劳动，你忽略了阿羊的落水。虽然事后你还可以通过分析回忆中的场景，来弥补事情的另一面，但对于可能产生的模糊（像旧照片遭到磨损）却是无可奈何。在一片模糊中你至多可以指出：井潭的岸通常很陡峭，而在冬天褪光了杂草，简直就和不规则的桶壁差不多。那天阳光又好。深绿深绿的井潭里又藏着许多小乌龟。阿羊脚下的一块冻土又恰好因融化而松动了。落下的枯枝中又有最小最轻的一根，无意中碰到阿羊的眉毛或眼睛。你还会想到一个原因：井潭虽小，对于大人来说只像个夸张了的椭圆浴池，而对于阿羊，却成了真正的汪洋大海，无底的深渊。

9

阿羊就是现在说话的人。阿羊就是写出前前后后这些汉字的人。阿羊多么希望能捉到一个身裹绿苔的小乌龟。阿羊想在它的甲壳上穿个孔，用细绳扣住，拴在水边的柳树根上。

10

因为驼五叔对修剪枯枝的劳动十分专心，我跌落到井潭里的过程是很顺利的。几乎没有一点阻碍，就直达水面。然而就在充满阳光的水面上，我遭受了意想不到的挫折，我的跌落忽然中止了。我大部分的身体浮在水面上。我其实没有掉进井潭。我被排斥在它的水面上。我穿着厚棉衣，戴着大棉帽，手里拿着一根枯枝，躺在井潭的水面上。孙家井潭的水面，如同蒙着某种张力很强的薄膜，迟迟不肯裂开一道缝隙。这就是我命中的水。命中的水，水面坚韧不破，直到过路人的一声喊叫传来。

11

后来，麻姨总是对别人或者对阿羊说："那一天，要不是我看见了大喊一声，这孩子早就淹死了。"又说："孙家井潭的岸有多陡，螃蟹都爬不上来呢。"麻姨是个壮实的女人，聋婆婆说她心眼太粗是有道理的。她的心眼和嗓子一样粗。她不知道那一声喊叫对于阿羊，意味着多么漫长的困难和懊悔。

12

那时我第一次见到银色老虎。其实我浮在水面上的全部时间只是一瞬间，但在这一瞬间里，我见到了那只至关重要的银色老虎。那是一只多么美丽的银色老虎。它不是由血肉、骨骼和毛皮构成的人间动物。它仅仅是一种通体银色的影像。还可以说是一种银色的身躯，银色的毛，银色的动态，银色的骄傲，银色的谜团。我浮在井潭的水面上，看见银色老虎从半空缓缓走来，靠近我的脸。透过它，我感到阳光变得繁多，耀眼，闪烁不定，十分迷人。我恐惧而又欣慰地闭上眼睛。我觉得银色老虎正在温柔地吞食我的全部。我觉得银色老虎已经把我的全部吞食到腹中。我觉得我自己渐渐化为银色老虎。就这样发展下去。其中的变幻无穷无尽。我记得最后看到的是：一只银色老虎正在吞食同一只银色老虎。井潭水面上的孩子已经彻底消失了，好像从来就没有存在过。

13

正如聋婆婆往常所言，阿羊从小是个多病多灾的孩子。这是算命瞎子根据生辰八字推算出来的。算命瞎子看不见人脸，却能看见天意。何况他还是从很远的外地来，一步一步击土问道而来。算命瞎子坐在厨房的小板凳上，对我们说："这孩子前身是个贵人呢，贵客临门，不容易留住呵。他命里有水灾、金灾、土灾、木灾。没有火灾。"聋婆婆紧紧捏住我右边的耳朵，好像把我当成随时都会蹦走的野兔子。聋婆婆捏住我的耳朵，然后问那算命瞎子："求您给个解法罢。"瞎子低下脑袋，半天了，才说："这孩子，等到满九岁，就生根了。好歹让他活过九岁吧，一生根就不怕了。"

14

路过树下的麻姨一眼看见我躺在井潭的水面上，一晃一晃的，转眼就沉下去的样子。麻姨急得大喊一声。麻姨用她粗壮的双手把我从井潭中救起。这时候，老柳树上的驼五叔已经蹒跚而下。麻姨把我湿漉漉的身体高高托起。麻姨把我搭在驼五叔半拱形的背上。麻姨说："阿羊呵，那时候你就像从澡盆里捞上来的毛巾，稀里哗啦直淌水。"

15

从井潭里被救起之后，我又遇到九岁前最大的灾祸之一。这次灾祸，自始至终发生在我幼小的阴茎里。我使足全身力气，也撒不出一泡完整的尿。我幼小的阴茎面临着意想不到的难题。我幼小的阴茎被什么东西堵塞了。我一天到晚急着想撒尿，但我三天也撒不满一酒盅。我年纪那么小，而承受的病痛那么大。我流着眼泪去找冬和娟。我和他们玩一把生锈的小铁锹。我对冬说：“我疼，我撒不出尿。”冬指着小铁锹说：“铁锹磨磨亮，把它连根切掉，就不疼了吧。”我说：“呸，切你自己的。”我再也不理睬冬了。我对小女孩娟说：“我疼，我撒不出尿。”娟说：“让我看一看。”我慌忙把开裆裤拉拉好，遮住疼痛难熬的阴茎。娟就挺不高兴，说：“你是个没用的人，连井潭里的浑水鬼都不愿意要你呢。”我红了眼追问道：“臭娟，这话你听谁讲的？”娟的头发又稀又黄，在头顶心扎了棵名叫“一炷香”的小辫辫。她说：“麻姨，麻姨讲的，你敢找她么？”

16

聋婆婆认为阿羊撒不出尿，是因为掉进井潭给吓出来的毛病。她在井潭边的那棵老柳树桩旁，烧化了好几沓纸钱。她一边烧，一边喊："羊儿，回来，跟婆婆回家吃肉啦 。"我至今仍在怀疑自己的部分魂魄，是否真的丢失在孙家井潭的绿水深处。聋婆婆烧的纸钱，每一张都凿有新月形的美丽图案。

17

父亲把我带到蓉塘小镇的医院里。隔壁是一家农具厂。父亲抱着我，走进了挂着厚厚门帘的昏暗屋子。我觉得有点像一间简陋的澡堂更衣室。灰墙上有十分混乱的紫色划痕。门外有人送来一只热水袋。热水袋是饱满的，绿色的。父亲把它捂在我的小腹和阴茎上。一开始我觉得烫，后来慢慢地体味到温热的舒适感。父亲说："暖一暖，就会好的。"我一点也不敢相信他的话。我听到隔壁传来农具相撞击的清脆的声音。我猜想那是大剪刀和铁耙碰在一起的声音。我担心医院里的人会在我的身体上使用那些农具。这时门外走进一个面皮很黄的瘦子。他没有穿白色褂子。父亲对他鞠了一躬，问：“大夫，轮到了么？”

18

另一个房间同样昏暗。靠墙的地方，有一张很高很窄的铁床。父亲把我放在铁床上。我看到几片很破烂的草席。我认为草席上的破洞是被人用脚蹬出来的。父亲用手掌贴住我的额头，显得无所事事。我感到小腹上的热水袋忽然凉了。

19

九岁前我的命十分薄弱，就像那种飘忽的东西，不肯在体内落实。我在医院里一再发出凄厉的嘶鸣，使得蓉塘小镇的一半住户不能安心生活。我小小年纪就知道在医院的铁床上破口大骂，诅咒那些粗暴地压紧我四肢的人。我九岁前被人压在铁床上，接受了各种不堪回首的手术。日后我成为落城里声名卓著的知识分子，曾把这些痛苦往事讲给亲密的女人们听。我发现女人们一脸迷醉的神色。我想，她们和娟不一样。她们永远也不会说：“让我看一看。”

20

那天晚上隔窗偷看的人有好几个，都是农具厂里干零活的童工。隔窗偷看的人告诉我，那次未施麻药的手术实在惊心动魄，比你妈生养你时还惨。偷看的人听到瘦大夫与我父亲的谈话。瘦大夫问：“要用麻药么？”我父亲说：“不用了，麻药伤脑子呢。”瘦大夫犹豫地说：“不用麻药，恐怕他顶不住。”我父亲说：“世上有笨死的，还没有疼死的呢。”瘦大夫干咳了几声，搓搓手说：“好吧，你帮忙压他的胳膊。”瘦大夫又招进一个黑脸的人，让他压住我的两条腿。瘦大夫从布袋里抽出一根奇怪的钢丝。钢丝一尺多长，一头扁而弯曲，整体上看像一根放大的耳挖子。瘦大夫将钢丝在手上掂了掂。瘦大夫手上的钢丝闪闪发光。瘦大夫问：“喂，你们都压稳了么？”

21

隔窗偷看的人会对你越讲越仔细。他们会告诉你，瘦大夫如何伸出两根黄指头，轻轻捋一捋阿羊的阴茎，然后又细心又巧妙地将钢丝捅了进去。当时阿羊痛得像煎锅上的鱼，将肚皮使劲向上拱，向上挺，向上扭。当时阿羊的四肢已经被父亲和另一个人紧紧压在铁床上。当时阿羊动弹不了就拼命地嘶鸣和诅咒。当时阿羊发出的声音简直不像个人的声音。当时阿羊的阴茎里滚滚流出了大量的东西，有尿有血。当时阿羊身下的草席被染得通红，被泡得稀烂。当时阿羊的脑袋在铁床上撞得叮叮当当。当时阿羊已经喊不出声音了。当时阿羊流出的血和尿越来越多，沿着床沿往下滴。当时阿羊一下子变软了，变小了，像睡着了。

22

长大后，父亲严肃地对我说："做手术不用麻药，是为了保住你的聪明呵。"我没有吱声。我暗自认为，所谓聪明就是对于身受的痛楚更为敏感罢了。

在我的书架上，至今存放着一只小巧玲珑的瓶子。瓶子是透明的。可以看见其中的两样东西。一样是我满周岁时剃下的胎毛，一样是豆粒大小的圆形石块。瓶子里的圆形石块，就是那位瘦大夫从我身体里硬掏出来的。有时我会疑惑，比豆粒还要圆润精致的东西，怎么可能使我那样地疼痛呢。

23

但是，隔窗偷看的人没有看见银色老虎。我看见了。在疼痛的顶端，我再次看见银色老虎。这是一只不同的银色老虎。或者是同一只银色老虎改变了过去的性情。井潭水面上的一只温柔而明亮，铁床下的一只猛烈而锐利。银色老虎从铁床下的阴影里探出头来，张开巨大的无形之口，咬住我右脚的脚踝。我感到它的牙齿深深嵌进了我的筋骨。我感到它以隐晦的力量，撕扯着我与铁床的联系。我感到它试图把我拽向真正的黑暗。我用双手使劲握住铁床的栏杆。我甚至开始喜欢紧紧压住我四肢的手。我依赖这两双压迫我的手。我期待着更沉重更无情的压力，把我钉牢在医院的铁床上。我不愿意被它拖走。我说：“帮帮我，它要把我咬走了。”我的这句话，无论是屋内的人，还是屋外的人，都没有听清。那时候手术正进行到高潮。他们丝毫也没有分心的余地。他们既没有看到，也没有听到。我握住铁床栏杆的手，越来越疲乏却始终握得很紧，没有松开。

24

那次手术我实际有两处流血。阿羊的阴茎在流血。阿羊的脚踝也在流血。一边是这种疼痛，一边是那种疼痛。这样说话可以么。我不过是想让你明白，银色老虎确实来过。来了好多次。而且它的齿痕，我至今不能祛除。

25

我与银色老虎整整对峙了三天三夜。在这三天三夜里，我完全丧失对医院里其他一切的知觉。我把铁床当作坚实的基地，一心反抗银色老虎并且获得了胜利。第四天的清晨，驼五叔来了。驼五叔用他半拱形的背，把我运出医院。我趴在驼五叔的背上，看见医院外面有宽阔的田野。我感到冷风从北方吹来，吹动我浮肿的脸颊。我趴在驼五叔的背上，跨越了一垄又一垄的冻土和麦苗，重新返回了村庄。我看见村庄的屋檐下，飞出更多的麻雀，和从前一样三五成群。

26

聋婆婆站在屋檐下，远远地向我招手。聋婆婆站在那儿，等了三天三夜。聋婆婆向每一个从蓉塘小镇回来的人打听。聋婆婆问他们一件事："阿羊哭了么？"

27

我趴在驼五叔的背上，来到聋婆婆面前。我对着她的耳朵，说："婆，阿羊没哭，阿羊又回来了。"我听见自己的声音很小，很软。我看见聋婆婆猛然捂住眼睛，哇哇大号起来。聋婆婆忘了捂住嘴巴。聋婆婆的嘴巴很衰老，很空洞，在我眼前张得大大的，圆圆的。聋婆婆的嘴巴一点也不好看。

28

日后我成为落城的知识分子，一直想找到某种方式，把我幼年时期和聋婆婆一起居住的那座草屋记录下来。朴素而真实地记录下来。现在你去蓉塘小镇的乡下，再也看不到那么好的草屋了。草屋的墙有两尺厚，是用泥土垒成的。或者说是用泥土捶成的。造屋的人每垒上一块土，就托起粗大的棒槌，用力捶击一番。就这样边垒边捶，一堵墙往往费时许多天。我特别喜欢棒槌击打在湿土上的响动，那是我记忆里最典型的乡音之一。屋顶是用芦苇编成的席片做底，铺上当年秋天积攒的麦秸。通常铺得很厚实，很认真。造屋的人拿一块挡板照根一拍，再用铡刀将梢头截齐，又极细心地抽出其中的杂草和疵秸。铺在屋顶的麦秸，一根根十分整洁，半年之内绝不会失去崭新的金黄的色泽。我记得造屋的人格外注重屋檐的铺设工作，总是弄了又弄，弄个没完。聋婆婆的草屋，就是这样造出来的众多草屋中的佼佼者。聋婆婆的草屋有一个门和一个很小的窗户。那个窗户开在厨房的墙上。那个窗户下面，曾经意外地长出两棵枇杷树。到我九岁那年，两棵枇杷树长得相当旺盛，悄悄地长得比屋檐还高。

29

我说的是一座空的草屋。谁都知道，聋婆婆死后被埋在屋外的菜地里。而我过满九岁之后，继续活着，并且乘车去落城，建立了家庭。所以，我说的其实是一座空的草屋。里面没有人。我和聋婆婆都已离开了那座草屋。只不过离开的方式，现在看来还有所不同。

30

面对空的草屋，我心里不得安宁。我必须在这空的草屋中，填充一些没有形体的事物。我认为某些食物的香味是合适的。我想那就是白水猪肉和玉米饼的香味。在九岁前的那些岁月，我每一次患病或溺水，或者从很高的桃树柳树上跌落，每一次我伤筋动骨又死里逃生之时，草屋的厨房里就回荡起好食物的香味。聋婆婆煮的白水猪肉，我几乎每年要吃一回。聋婆婆亲手贴的玉米饼松软可口，一面焦黑，一面嫩黄。聋婆婆的手纹，印在嫩黄的饼面上清晰动人。香味回荡的日子里，小女孩娟总是一大早就来找我玩，一直玩到吃饭的辰光。聋婆婆安慰我说："阿羊，大家分分吃罢。"

31

聋婆婆还对我说："如果你吃玉米饼的时候，被娟看见了，就必须分一块给她；被别人看见了，也同样要分一块给那人。"她解释说，因为食物最怕人盯住看，看久了就有一种眼毒，吃下去肚子会疼的。

32

我敢保证，聋婆婆最后一次做玉米饼，绝对没人看见。那一次聋婆婆好像躲在厨房里不愿出来。她在厨房里待了一整天。厨房的上空，炊烟一阵阵地盘旋着，从早到晚。那一次聋婆婆共计做了五百六十一只玉米饼。那一次的玉米饼，个个喷香，是她一生中做得最好的。

33

父亲对在手术过程中没有给施用麻药，让我额外地忍受痛苦这件事，表示了小而无当的歉意。父亲从蓉塘小镇买来一面牛蹄印大小的小铜锣，又用竹筷（粗头紧紧地裹上几层碎布）做了槌。父亲把小铜锣和锣槌一并送给我，说："阿羊，以后你身上哪儿疼，就使劲地敲锣。"我问："敲锣干什么？"父亲回答说："你一敲锣，我就听见了，就来带你去医院。"我看着小铜锣，一碰也不敢碰。可是，那一次做完玉米饼，聋婆婆忽然对我说："阿羊，明天中午你到村子里敲锣罢。"我问："敲锣干什么？"聋婆婆摸摸我的耳朵，说："叫你去敲就敲罢。"

34

草屋后面有菜地，过了菜地就是井潭。草屋门前有麦田，麦田连着麦田。草屋的屋檐边，有两棵枇杷树。枇杷树枝繁叶茂，长得比屋檐还高。

35

那间草屋的外面，冬天没有扁豆花。你想找也找不到。草屋周围的一切都顺着季节变动。春天该有什么，就有什么；夏天该有什么，就有什么；秋天该有什么，就有什么；冬天该没有什么，就没有什么。所以，你找不到白的紫的扁豆花。

36

九岁那年我生根了。九岁那年聋婆婆离开了我。她得了一场腹泻的病，含羞自尽了。因为她把大便拉在自己的裤子里面，怎么洗也洗不干净。大家说，聋婆婆年轻的时候太干净，太好看。如今这么一副样子，她自己受不了。大家说得一点不错。在最后的日子里，我经常听见聋婆婆自言自语。她说：“我这么脏，我该死了。”

37

太阳落下去，落在更远的村庄里。聋婆婆端着做好的玉米饼，一趟一趟地送往村里的人家。聋婆婆走起路来很轻，不慌不忙。聋婆婆脚不沾地，向村里的每一个人分送最后的礼品。那一天整个夜晚，玉米饼的芳香在村子里四处飘扬。

38

也许就因为玉米饼的香味太浓，那天夜里我睡不安稳。聋婆婆给我拍拍棉被，说：“睡罢。”我一点也不想惹她生气，只好假装睡得很熟的样子。但在幼年的黑暗里，我的耳朵听得见任何响声，我的眼睛看得见任何移动的物体。我知道银色老虎从村外走来了。这是一只不同的银色老虎。或者说同一只银色老虎再次改变了它的性情。它从村外走来的动作，显得十分迟钝而固执。它在草屋的门前停住，像一张旧石凳似的，又冷又重。

39

在见到银色老虎的日子里，我不知道那就是老虎，也不懂得那种颜色和光泽。所以“银色老虎”这个词组是我在长大后才发现并用来表达幼年经验的。银色老虎是日后十七年的文化教育带给我的恩惠之一。它是汉语中的一个偏正词组。它作为词组联络着其他单字和词组，使我的说话方式得以丰富。同时又作为一种景象，在我一生的经验领域内大放光芒。

40

聋婆婆扶住左边那棵枇杷树，踏着烟囱上掉下来的两块断砖，颤颤巍巍地爬到银色老虎的背上。银色老虎那样驯服，甚至低下头，伏下前爪。我使劲地喊：“婆，你别去，别让它把你驮去！”我使劲地喊，一直喊到天亮。我喊的是，婆你别去别让它把你驮去，婆你别去别让它把你驮去，婆你别去别让它把你驮去。

41

第二天中午，我确实到村里去敲锣了。我拎着小铜锣，边敲边跑，跑遍整个村庄。我越跑得快，就敲得越响。我敲得越响，就越跑得快。我又响又快。我简直疯了。我真想停下来，让驼五叔把我送回父母的身边。我真想趴在驼五叔半拱形的背上，对跟随了好远的冬、麻姨和小女孩娟说句告别的话。

42

我会轻声地说："别送了，回去罢。"

1992年夏末

在北京奔跑

小说中女孩属蛇，可是我把这篇
关于她的小说献给两个属虎的人

汽车开到大北窑，满车乘客都纷纷下车，我们才先后从梦中惊醒。是我先醒的，用手推了推马余那无形的后背，他也很快地睁开藏在我眼睛里的那双眼睛（我有点近视，可他一点也不）。我们不明白自己为什么睡得那样死，而且是在拥挤颠簸的公共汽车上。作为最后下车的乘客，我们不得不接受乘务员的批评。那种一连串滚地而来的北京话，我们已经基本上习惯。问题是下午要上的文艺理论课，由于误站，快要迟到了。所以下车之后，站在尘土飞扬的停车场的一角，我们愣了片刻，便发力向建国门方向奔跑起来。

那天中午我和马余在北京会见了北京姑娘蔻婕，会见的情景很动人，要是因为一时疏漏不将它写入我的小说，有生之年一天天过去，后悔都来不及呢。那天上午十点半，我们和同班同学刘大明一起出校门，语言真是无力的东西了，刚一开始就不能不作些解释，譬如“校门”这个词，与之对应的记忆中的现实，是具有双重含义的似是而非的现实，当时我们的研究生院四分五裂没有统一的住地，总共不足两百人的博士生和硕士生，分散在北京市区西半部的几所学校里，我和刘大明所在的这个班级人数多（当然是比较而言）算个大班，被安排在太平路23号（这个地址千真万确，我特地查对了那个时期的旧信封），那里是解放军总后勤部的地盘，而后勤学院作为后勤部的附属单位，专门培养和造就供部队使用的后勤军官，23号，它的校址，我们的班级就被安排在它那黄色围墙的、幅员广大而氛围整肃并建有室内游泳馆和各种露天操场的校园的一角，用不那么随便的语气来说，我们是寄居于军事单位中的地方人员，关于这一点，研究生院的有关干部（我还记得这个人，男性，五十岁上下，说话时有一种“我不会和您计较啦……”的语气，别无明显特征）早在入学之初便对我们班作过提醒和劝诫，“要稍加注意，”他是这么说的，“一定要稍加注意啊。”也许我们全班同学本应该把他的话仔细领会然后牢记，可是天下事哪里说得定，后来还是出了些乱子，譬如某个男同学撇下班上的女同学不顾，和后勤学院食堂里专管收饭票的圆脸女孩子好上了，或者我记错了对象也没准，和我们同学好上的女孩子是那个长着小鹅蛋脸和淡黄头发的，如果真是她，倒也说得过去，比起我们班几乎所有的女同学（一句话得罪多少人啊）都要更好看，更年轻因而更动人，何况她还是一个少言寡语的性格呢，住在后勤学院那么长时间，按正常情况每天至少要和她照面两三回，我却从来没听见她说过一句有复句结构的话。而我们班那些女生，哪一个不是喋喋不休口若悬河以扮演女才子为荣呢，说得更实在些，小鹅蛋脸比我们的女同学年轻，年龄上的差距有时候任凭你用什么都无法弥补，相形之下小鹅蛋脸的优势布满全身，桃李不言下自成蹊，要是能踩着小路走到花荫中去，谁都会羡慕，所以我和刘大明走出校门时还在谈论这件令人激动的小乱子（马余一声不吭，表明他对此类事件毫无兴趣），留在我们身后的，既是后勤学院与总后勤部隔路相对的校门，又在某种意义上可以被理解为我们就读的研究生院的校门，这就是它的双重含义所在和似是而非之处，两个穿军装的哨兵站在校门两边，站得挺直的，那种挺直的姿态和不时伸手摸一摸腰间短枪的小动作，让人觉得在这似是而非的地方，只有他们才是一点也不含糊的。

想起后勤学院的军号声，它比什么都嘹亮，而且上早操的军官们踩着有力的步伐从我们寝室窗外列队走过。然而没有什么能把我们惊醒，或者即使惊醒了，也不妨碍我们在片刻之后继续昏睡。我和马余很晚才起床，一起到水房里刷牙洗脸，刷牙时我留意到自己的搪瓷脸盆里还泡着一大堆脏衣服，我停住正在运用牙刷清理口腔的右手，把牙刷咬在充满牙膏泡沫的嘴巴里，低头嗅了嗅脸盆里已经半干的脏衣服，然后继续刷牙，脏衣服固然很脏，而且在脸盆里泡了至少一个星期，早就恶臭熏天了，可这并不能成为一种理由，使我刷牙和洗脸的动作半途而废。我把满口的牙膏泡沫用力吐在水池里，那些白色的泡沫状的物质变得极其活泼，迅速分解着融到水中，分解出来的那些小东西当然还是牙膏的泡沫，却像获得了短暂生命的白色蜉蝣，遇水而动，纷纷舍弃了原先的泡沫整体，在水中四散奔逃。我从嗓子眼儿里咳出几团黏液，吐到正在奔逃途中的白色蜉蝣身上，然后打开水龙头，放出更多的清水。凹形的长水池里只有一个排水孔，离我嘴巴有好几步远呢，我看到水池里形成了一股水流，带着牙膏泡沫和我的痰由近而远，向着排水孔的方向窜过去。我侧眼看了看身边的马佘，这个人世漫游者，这个旷世丑角，得意扬扬的观望者，这个惊弓之鸟般惶惶不可终日的家伙，我发现他对那些白色蜉蝣和黏液的运动情况，表现出可笑的好奇，他凝神以视直至一切都在排水孔的周围形成旋涡和消失。

因为没有吃早饭，那天中午我很饿，蔻婕打来电话的时候，我和马佘正在给自己准备早饭，两包快餐面加一枚鸡蛋，鸡蛋是用北京市粮票从北京市或者河北省的小贩手上换来的。在校念书的人都不富裕，买水果挑来拣去最后要的是最小和最差的，抽烟顶多抽北京产的“长乐”，当然也有特例，和马余同班的广州人饶健就与众不同，他的妻子在湛江的一家公司里工作，每个月给饶健汇来三百元的生活费，所以饶健抽烟很高级，抽的全是“HILTON”。必须交代一下时代背景了，我和马余在北京念书的时间是：1984—1987年，所以吃饭还用粮票，希尔顿牌的香烟也算得上好东西。念书念到我和马余那份儿上，大小是个知识分子，尽管我们总是感到饥饿，每月发下的粮票却从来用不完，那时北京市的粮票可以说相当讲究了，有各种类型按一定的比例搭配着，譬如说三成是米票，四成是面票，还有三成是粗粮。我们把剩下的粮票当钱使，可以在小贩手上换到一些小物品，塑料衣架，塑料盆，小镜子，小铝锅，这种交换当时很普遍，那些小贩每个月都能攒起好几千斤的粮票，他们要这么多的粮票做什么呢。大约在1987年左右，粮票被废除了，在粮票废除之前，我和马余用粮票从小贩手上换到的东西真不少，仅鸡蛋一项就很可观，总有一二百斤吧。我和马余在快餐面里所加的那枚鸡蛋，其来历无非如此，遗憾的是那枚鸡蛋，最后落到了别人口中，我们刚刚准备好自己的早饭，蔻婕的电话就来了。同房间的小杜那天起床最晚，正是因为最晚，他获得了两包快餐面加一枚鸡蛋的意外奖赏：我对那个端着满脸盆牙膏牙刷和毛巾慢慢走向水房的人说，谢谢您，替我把早饭吃了吧。

接过蔻婕的电话之后，懒洋洋的上午忽然被某种东西激活了，一切都紧张而兴奋起来。我把早饭递给小杜，飞快地收拾好蓝色大书包，飞快地奔出宿舍，又飞快地向后勤学院的大门走去。离大门还有几步远，我神色慌张，可能因为过于慌张，引起了大门两边哨兵的警惕。左侧的那个哨兵，看上去有些面生的那一个，我看见他原来垂挂于裤缝的右手悄悄摸向腰带，而他的腰带上，我的天，佩着一支众所周知的手枪啊。马余（这个时隐时现的家伙）跟随在我身边，也许是他而不是我首先注意到那支手枪的危险，他轻轻拽了拽我的衣袖，我们一同放慢了脚步，故作从容地走向大门，甚至还朝两边的哨兵分别点了点头。

瞧，我们一点也不慌张，我们从头到脚没有什么不对头的地方。

要和蔻婕见一面，相当不容易的，我和马余从北京西南角的公主坟出发，乘坐那种圆头圆脑布满黄色灰尘的公共汽车，赶往北京西北角的中关村，途中要倒好几路车，为了抢时间，我们在临近倒车的那一站之前，必须集中注意力，双眼紧盯车窗外，搜索即将换乘的那辆车是否出现，出现在哪里，如果它出现在我们此刻所乘之车的后面，那就是天赐良机，我们可以下车之后站稳脚跟，在站牌处等着，如果出现在前面呢，我们就得抓紧了：提前挤到车门口，车一停稳，我们就纵身而下，然后朝前飞奔，趁着那辆车上人下人的十几秒钟空隙，赶上它：可惜那时候你还不认识我和马余，你对那两个拎着蓝色大书包在马路边飞奔的青年人只是很随便地看了一眼，就把视线转向了别的东西，你根本没有发现这两个飞奔者的可疑之处，我是指他们之间的那种很奇特的关系，我和马余在飞奔的过程中，时而相互分离，看起来像是实体跑得太快，它的影子被拉在身后有半步之遥，转眼间又叠合在一起化作同一个活物，两者合二为一的时候，似乎激发了某种潜在能量，奔跑的速度更快了。

即使到了中关村，也还不能说到达，离我们的目标差着一大截呢，蔻婕的哥哥叫蔻俊，在中科院的动物研究所工作，他引以为自豪的东西是他正在从事的学科，我和蔻婕相识一个月后，也就是昨天吧，他通过妹妹蔻婕约见了我和马余，问过我们的专业和籍贯情况，他有半晌沉吟不语，然后对我们介绍了他自己的学科，生物工程学，说了您也不懂，这是本世纪末和下世纪初自然科学界的领头学科，我和马余听了半晌只有眨巴眼睛的招架之力，确实不懂，还不能直接说出来，人家引以为自豪的玩意儿，你扁着大嘴直接说不懂，太伤感情了，为了把谈话气氛搞得热烈些，我试图把自己的专业拿出来说一说，我穿着一件白色带暗花的衬衫，紧身牛仔裤，一双不太跟脚的牛皮凉鞋，脚心出了一大堆冷汗，我说，我学日本当代文学，研究川端康成，我还想搞创作，写诗和写小说。蔻俊穿着一件热带风格的短袖T恤，很宽大的西装短裤，打断我的话题说，写什么小说，研究什么文学，对我们的国家太无济于事了，现在这个时代，一百个文人、文学家都比不了一个企业家，现在这个时代，我们的国家最需要的东西是科技，是经济啊。我觉得很惭愧，我说也许会考虑跳一个专业，研究研究日本战后的经济起飞。蔻俊说，你是学过外语专业的人，还可以直接从事于外贸工作嘛。我想说我对那些行当一点兴趣都没有，我还想说，要是可能的话，您这样的人可以另立一个科技和经济之国，把文学艺术和一切非实用的成分从您的国家中剔除出去剔除得干干净净，那有多好呢。可是我只能隐忍不发，我尽管年轻无知容易激动，对于这次会面的目的，却记得很清楚。蔻婕说，我哥会喜欢你的，说不定你们俩倒成了好朋友呢。我知道蔻婕这话的含义，我必须赢得一些人的好感，因为这些人对于蔻婕特别重要，蔻婕对于我特别重要，所以赢得他们的好感就特别重要了。看眼下的形势，要赢得蔻俊的好感已无可能，剩下的可能性是，不要招来恶感。我满头冒汗了，我点点头说，对，您说得对。并且一直这么说下去，直到蔻俊在对面椅子上伸起懒腰对我说，这儿可没地儿让你住，你还是回学校吧。看来情况就这样了，临近半夜时我赶乘末班车，最后一次倒车的时候，我腿脚稍一迟钝就被落下，眼看那辆末班车摇摇摆摆开走，沮丧得差点坐在路边。原先我和蔻婕议定的方案是，与蔻俊同志谈话，尽量谈得投机，把谈话结束的时间拖到半夜，然后要求留宿动物所，这是一次增进了解和友谊的好机会，第二天上午第三节课之后，再到她们学校的新教学楼前和她会合，按蔻婕的说法，我们交换交换情况。我步行好几站路终于回到公主坟，我对跟在身边的马余说，瞧，美好的方案破产了，然后一齐笑了起来。

下午我还有课，是外国文艺理论的重要讲座，所以那天中午我们和蔻婕的见面时间很短，几乎是相互看一眼就分手了。到了中关村之后，本来还要再倒一次车，才能到达蔻婕所在的学校，那是一所早在新中国成立前就闻名全国的名牌大学，不是北大，我说的是清华，蔻婕在清华学建筑专业，过了今年夏天就升二年级。我敢说，蔻婕不仅是一个好姑娘，说话时在北京方言中掺入些奶声奶气，听上去特别顺耳柔和，甚至让人意识到一种很纯洁的性感的挑逗，身体健康皮肤富有弹性，眉毛很浓，手臂和脖颈上，覆盖着很细软的一层绒毛，她还是一个好学生，从中学时代起每年都是“三好生”，学习成绩始终优秀出众，进入大学以来，也没有放松过自己，每周两次参加学校手球队的训练，训练很艰苦，她却从来也不缺席，又参加了一个手风琴学习班，我问她为什么要学手风琴而不像其他女孩一样去学吉他呢，她害羞地笑着说，人家说我身体好，有力气，背得动手风琴，可不能让这力气白白浪费掉。我和马余站在路边很久，还是等不到车子，我们究竟在等哪一路车呢，现在已经记不清了。我们和蔻婕在电话里说好在学校的南门口见面，情况发生了变化，见面的地点也随之改变，由新教学楼前转移到南门外。在中关村换车去清华南门，大约两三百米的距离，我和马余私下商量，决定不再等车，步行过去。

多年来我的叙述，基本上局限在落城界内，落城和北京的区别很多，首先可以指出的一个区别就是真与假，现实与虚构的区别，落城是一个虚构的地名，一座架空的城池，随着叙述的深入，在落城的虚线轮廓之内，虽然也出现了一些貌似真实的街巷和人物，整个落城的虚构性质却不会因此而改变，纵观我这些年的叙述，多半内容都处于虚构的阴影中，不能解脱。今天我终于说到北京了，北京可是一座了不起的城市啊，尤其是六月，风沙渐渐停息了，阳光灿烂，北京作为一座现实存在的城市，它的现实性在六月阳光下，更为鲜明不容置疑。我和一个化名蔻婕的北京姑娘的见面，这个纯属虚构的故事，很快就要弄假成真了，在一个如此真实并且独一无二的地方，撒谎是件严重的事，因为它会变成真的，让你难以抵赖。

我和马余当时头顶着六月的阳光，走过中关村，以最快的步行速度向清华大学的南门挺进，如今回想起来，不免疑虑丛生。譬如说，我们是怎样“走过中关村”的呢，为了抄近道，我们可能在布满中关村的那些研究所和宿舍楼之间穿行过去直抵清华南门，这样做需要一个前提，那就是我和马余必须对八十年代中关村的地形有所掌握，这样做，有着明显的好处，能够最大限度地节省时间，让我更早见到那个叫蔻婕的北京姑娘，您知道，她由我亲自虚构，受我无限的宠爱。可是我和马余的手边，连一张最粗略的北京地图都没有，更何况我们所真正需要的是1985年版“北京市区详图”。倘若贸然闯入，只恐怕如入迷宫，枉走多少冤枉路吧。刚才我到对门人家接了一个电话，是我的古琴老师楚八六楚老师从落城西南打来的，约我这个礼拜五参加琴会雅集，楚老师前不久去过北京，他是否有（带回）一张北京市区的交通图呢，即使有，也可能管不了多大的用处：事隔十年，北京该有多大的变化。老话说欲速则不达，为了保险起见，我和马余决定在路边拦一辆北京特有的黄色小“面的”，把我们滞留于八五年六月阳光下徘徊不前的双重身影送到清华南门。这或许才是万全之策，只对司机说一声“到清华南门”就行了。

所谓动人情景是怎么回事呢，简单地讲，可以概括为冷饮店+公用厕所+鲜红的“太阳裙”。清华南门外，当时有许多简陋的平房民居，在通往校门的道路两侧（也可能仅仅是左侧，可是右侧到底有什么呢）簇拥着，从校门出来，大约要走一百米左右，再横过一条相当杂乱的马路，对面是一家冷饮店，店面很土气，门口挂着“串珠式”的塑料门帘，是夏天用来挡苍蝇的，却总是挡不严，所以店内可能有一定数量的苍蝇在飞动。我和马余又饿又渴，走进冷饮店，也不管那些飞动的苍蝇在飞动，买了一罐酸奶喝了起来，这就是事情的开端。靠在很脏的店门边，喝着酸奶，我看见蔻婕背着书包在校园里的那条笔直的林荫道上出现了。

店门外的那条马路相当杂乱，大约只有七步宽，通行着公共汽车和自行车，如果我没有记错的话，那天中午在我们和蔻婕之间的马路上，还有几辆只有在北方才会见到的马车。马车是一种特别的现象，加深了我们对那条马路的记忆，至于那些马车运载着什么，谁也没有留意。接着大车的马儿都不太好看，浑身毛色很灰暗，胯部还有未愈的癣疤，马儿的尾巴往往集中体现马儿的动态和活力，可是那条马路上垂头丧气拉着大车的马儿，尾巴上粘着粪便，粪便都已经干枯了。马儿臀部的后面，挂着一个很大的粗布兜，兜粪用的，城市的路面要保持清洁，无论是人粪还是马粪，必须妥善管理，所以马儿臀部的后面要挂布兜，而在马路对面，有一处简陋的公用厕所，厕所的墙上，连石灰都没有刷，蒙了厚厚的北京尘土。

我和马余倚在冷饮店的门边，喝完一罐酸奶，看见清华大学女生蔻婕走出清华南门，背着书包，没有推自行车，那辆车轮直径很小的黑色自行车，被她存放在校园内什么地方。我倚在北京西北角的一家冷饮店门边，看见年仅二十身体强壮心情也不错的北京姑娘蔻婕背着很沉重的黄色书包走出来，她的胯部特别有力，把灰色条绒的背带裙绷得紧紧的，一件细格子棉布衬衫，也似乎嫌小了。我和马余看见她渐渐走近，站在马路对面，有时用手搭在额前，把视线拢到一起，沿着杂乱的马路向西面更远的地方张望。我忽然感到自己的眼睛像机器出了故障，一会儿看见蔻婕的脸，一会儿看见从马路上驶过的马车，内在的视觉焦距变得十分紊乱，就赶紧闭上眼睛，离开靠近路边的店门，向后倒退，退到那家冷饮店光线暗淡的深处。

这一章原来的标题叫作“北京长亭短亭”，早就想写了，却一再被耽搁下来，一件想做的事情一再被耽搁，总有它的原因。打出开头几千字就觉得吃力，这种现象在我的写作中并非少见，可是这一章要写的内容，几乎全是真人真事，按道理讲应该很顺畅的。齐氏，一个最喜欢谈论鲁羊作品的落城女性，曾经这么对我说，北京那么大地方，你在北京遇见那么多人，素材那么丰富，这篇东西肯定写得好的。可是她哪里知道，我就是写不好，不仅写不好而且压根儿写不出来呢，开头几千字存在电脑硬盘里，有半个月没敢去动它，我甚至认为自己再也不会动它了。马余这家伙，被我搁在北京西北角一家简陋的八十年代的冷饮店里，再也无人理睬，想想都让人悲哀。不过事情的转机往往就发生在最绝望处。有一天中午我去了郭平所在的那间书库，书库属于落城师大的中文系，坐落在师大校园里的一座小山包上，真正旧款式的建筑，建于民国，或者晚清吧，其中藏书以线装古籍为主，平时没多少人问津的，书库窗外的几棵老松老柏，特别让我爱看，就像暂时寄居在书库里的郭平老兄，有些古貌古心的意思。吃过中饭，送走了上小学的儿子和医院里上班的妻子之后，郭平把我让进书库里面有桌椅的一个角落，膝盖对着膝盖，和我谈话。往日我们的谈话，不外乎读书和弹琴，弹琴和写小说的这些题目，这一次不知为什么，我们谈起了青春和女孩子。我有个坏习惯，在有兴致的谈话中，我喜欢把正在写作的一些小说细节抽出来，当作真人真事一般，说得有鼻子有眼，譬如我和郭平在书库角落里谈话时，我就说起了我在小说中试图虚构的北京姑娘蔻婕，当然说得很浅很浅，只不过极简要地讲述了我和蔻婕的一次短暂的相见。我说，一开始我在水房里刷牙，看见那些牙膏泡沫是怎样变为白色蜉蝣的，然后接到一个电话，一个女孩子约我到清华大学的南门相见，我早饭都顾不上吃，就上路了，一路上不知倒了几回汽车，还步行了几里路，才赶到约会的地点。郭平看着我，用一种非常安静的语调说，后来呢。

我和马余忽然觉得自己的眼睛出了故障，一会儿看见路上的行人和马车，一会儿看见马路对面蔻婕的脸，所有的影像都晃来晃去，像是映在波动的水面上。我们离开靠近路边的店门，向后倒退，一直退到不暗淡的地方，把各自的视觉焦距作了调整。我们看见蔻婕站在那条杂乱的马路对面，蔻婕站在很亮的阳光下，有时踮起脚尖，朝西张望，又朝东张望。可以这么说，蔻婕朝西张望时一直望到蓝旗营，朝东张望时，大约能够望到成府路边的五道口商场。她背着书包，站在那儿，几乎望穿了双眼。我看见蔻婕的脸上，眉毛很粗，眼睛是圆圆的，或者是弯弯的，鼻梁不太高，却显得坚实有力，上唇周围有些汗毛，很柔软很稚嫩，而且还没有发黑，没有发黑真是件好事，但愿今后的岁月不那么尖刻，就让那些汗毛永远保持一种淡黄的色泽。我和马余躲在冷饮店深处，看见蔻婕脸上每一个毛孔都渗出汗水，汗水越聚越多，马路上行人车辆扇起的灰尘，扑向她的汗水，原来很光润的脸色，此刻正在转向灰暗，我和马余看着，都有些于心不忍。

现在想起蔻婕，印象最深的是什么呢，隔着杂乱的马路，一种表情变化，蔻婕的脸，蔻婕微微踮起的那双脚尖。一个北京姑娘的面部表情，和她善于运动的脚尖的全部变化，都为了我，为了马余的出现，这种现象多年来使我感动不已。我和马余好比外省田岸上的小狗，被风吹到如此伟大的北京的街边，可以说是某种不幸遭遇，干燥的空气，陌生的城池，最初几天抑制不住的鼻血，使我们很明确地认清了自己四顾无依的艰难处境。这么大的地方，有几万甚至上千万的人口，没有谁觉得我和马余的存在是必要的，是必不可少的，这样的事实就这样环绕在身边，我们尽管不愿意却不能不怀疑自己，怀疑自己这样的人，即使有双重身影，也是生不如死。正如朋友们批评的那样，马余和我的自尊心太强了，以至于要时时搜寻自己在某一环境下存在的必要性，可是这种必要性在多数情况下深藏不露，它藏在我们意想不到的什么缝隙里，很难抠出来。我遇见蔻婕是在五月，五月在我一生中，是多事的月份，许多与个人激情相关的事件，几乎全都发生在五月上旬，或者是在五月上旬种下了祸根。有机会我要找占卜和看相的好朋友老片给我测一测，这古怪的五月上旬对于我究竟意味着什么，难道所有的事情都只是时间上无足轻重的巧合么。我想，巧合太多会使人生疑的，譬如我的五月如此多事。不久前我丢失了蔻婕写给我的全部信件，紧张的房屋拆迁，丢失一切辎重，兵败如山倒，一张做工粗糙的写字桌，寄放在唐兰（马余的第二任妻子，一个由我亲手虚构的人物，祖籍河南，现住落城）的娘家，又从那儿被搬运到另一个地方，唐兰的第三个姐姐家中，抽屉原本上着锁，现在可能被撬开了，有一天我问起那些信件的去向，唐兰说可能当废纸卖掉了。蔻婕的十五封信，夏季恋情的最后见证，扎着一根牛皮筋，由于天长日久，牛皮筋都发黏了，轻轻一拽就断，那些信件所用的信封可分为两大类，纸色淡黄印有动物和植物图案的，和纸色白亮印有“清华大学”四个红字的，北京姑娘蔻婕的钢笔里灌满了黑色的碳素墨水，那支钢笔我没见过，我没见过她写字，我只见过她留在信封和信纸上的黑色字迹，字迹有大有小，都很工整，我喜欢工整的字迹就像我喜欢态度纯洁的人，那些信件中间夹着一张美术馆的参观券，参观券的背面是白色的，我用很粗的记号笔在那一小片矩形白色中写了“五月五日”，字写得很大，很热情，因为那就是我和蔻婕初次相逢的日期。这个日期现在不那么重要了，现在我是写小说的人，拥有了虚构一切事物的特权，现在不那么重要的日期当初却很重要，因为我和蔻婕的初次相逢，确实发生在那一天不太晴朗的北京天空的下面，美术馆第一展厅的入口处。我和蔻婕的相逢，使我初步确认了我和马余站在北京街边的必要性，这种必要性当然是无足轻重的，事过境迁之后，我们还会觉得有点儿荒唐呢，可是在当时，这种必要性就是全部必要性，甚至开创了我和北京之间唯一的富有温情的关联，我的天。

时间过得太久了，我想，总不能躲在阴影里老不出来，就和马余一起走向阳光强烈的店门外的街边。隔着那些陈旧的不复存在的车辆和马匹的影子，我们看见蔻婕笑了起来。车辆和马匹当时还不是影子，还是些难以穿越的物质，把姑娘挡在马路的对面，只有她那满脸的笑容，像一种特别的光束射过来，透过不停变幻的车辆和马匹的缝隙。后来的年代里，我反复想起这个时刻，我和蔻婕分别站在马路的两边，蔻婕笑着，她的整个健壮的身体和活跃的年轻女性的心灵，因为看见我，就充满了笑意，这使我为自己感到某种骄傲，甚至凭借这种短暂的骄傲，忍耐了多少无法忍耐却更为长久的东西。

也许动人的情景发生在另一天，另一种情况下，另外两个人身上，这有什么要紧呢。蔻婕就那样笑着，走到我们面前，或者我们穿过那条有马车、汽车、拖拉机、摩托和杂乱行人的马路，走到笑着的蔻婕身边。我们站在马路边的尘埃里，迅速而深情地接吻。我们还记得，寇捷挎在左肩的书包，看上去很沉。所以她在接吻之前和接吻之后，曾经不由自主地将左肩往上耸起。我们想对她说点什么。我们并没有想好要说的话，我们幸福地张开嘴巴，好像要对我们所爱的人，吹一口气。我们对往昔爱情之中发生的事情，记得多么清晰：我们的蔻婕，在刚刚接触又迅速分离的两张嘴巴之间，竖起她右手的食指。我们认为那是一根金色的食指。我们还认为，金色的食指就是至高的权杖，它让我们怎样，我们就会怎样。它让我们沉默，我们就会像守门员扑救险球那样，抓回那些即将脱口而出的话语。它让我们站在原地等待，我们就像石柱立在路边，毫不动摇。她带着她那根金色手指暂时离开我们，她转身，她向厕所走去。我们目送蔻婕走进路边的公用厕所，快活得心里难受。为了中午的短暂相见，她把小便憋了多么久呢。我们甚至想象了她小便的姿势和声响。我们只想到了小便，这就是我们的愚蠢之处，即使在爱情中，我们也难免迟钝而粗俗。大约过了两分钟，蔻婕出来了。我们看见了她，还有她令人惊奇的变化。条绒背带裙不见了，细格子棉布衬衫不见了，灰暗的色调不见了，她全身呈现出炫人眼目的鲜红的亮光。她走近，几乎贴在我们胸前，然后迅速地后退，在一个她认为合适的距离上，缓缓停住。她的这些动作，具有极好的连贯性，让我们联想到她从幼年到此刻所接受的各种训练：模拟动物和植物的幼儿舞蹈，游泳，各种节奏的交谊舞，女子手球，一些田径项目，还有她的手风琴。

她缓缓停在那儿，身穿一件红色的质料很轻柔的“太阳裙”，左手扶着书包带，右手在自己的腰间和臀部慌乱地抚摸着。我们知道，这件崭新的裙子，在她的书包里藏了很久，被压出了皱痕。她说，这是我姐给我做的新裙子。她说，我想穿起来让你看一看。她说，你觉得好看么。

1995年5月—1996年12月

后　记

李　樯

2017年，鲁羊翻译的《老人与海》被韩东赞誉为“海明威在当代汉语中的一次成功转世”，迄今销量已逾50万册。2018年6月，《纽约客》发表了鲁羊短篇《银色老虎》的英文译本，使他成为继莫言、余华之后登录这本杂志的中国大陆的第三位作家。由此，淡出文学圈十年之久的作家鲁羊，重新回到人们的视野。

在中国当代文坛，鲁羊是一个绕不开的符号作家。李小山在读完鲁羊于2007年出版的长篇《鸣指》后，认为鲁羊在语言方面的优势达到了顶点，“鲁羊的语言包含着很大的浓度，情节、感受、色彩、气氛、人物、思想等，全都揉杂在一道。另外，鲁羊的语言是闪烁的和多义的，在当代写作者中，难以找到和他相仿的同类。”

我算是接触鲁羊作品比较早的一批读者，那是1993年，我上大二，成天泡图书馆，读马原、孙甘露、苏童、余华、格非，读着读着，韩东、鲁羊、朱文几个名字涌入眼帘。大概由于地缘关系，我对这几个作家自然多了几分亲切感，而他们的小说，也越发刺激了我提笔的冲动。一晃二十多年过去了，时间已经证明，这几位都是当下最好的作家，我没有读错对象，这是多么值得庆幸的事情啊！更值得庆幸的是，第二年我便认识了他们，很快成为朋友。

刚开始读到的都是鲁羊的一些短篇，《青花小匙》《液态屋檐》《身体里的巧克力》《岩中花树》《薤露》，这些短篇温情婉转、语言细腻，尤其那种对传统叙述的破坏力，常常令我赞叹和钦佩不已。鲁羊曾说过，作品得有力道，像个拳头或锤子砸出去，要打人。鲁羊一出手，便抛出了一个密着、柔韧、浑实的小宇宙。他自成一体。他曾说过自己的作品“是个很狭小的世界”，但再狭小，那也是一个世界啊！

很快地，鲁羊就完成了他对自己写作世界的构建，就是那篇完成于一九九三年十月九日的《九三年的后半夜》。我是一口气读完那五万多字的，寓言式的结构与解构，寓言式的立意和玄机。至今我还记得小说中的大柴垛，以及经常爬到大柴垛上听风望月的白痴苏轼。有时候，白痴苏轼就是我；有时候，作为作者的我又站在不远处审视那个白痴，看着他被父亲用高高的云梯送到天上。“鲁羊的小说给我们的文学带来宝石般的惊喜，我始终坚信，仅仅因为一篇《九三年的后半夜》，汉语在这个星球上就会得到拯救与尊严，就会有不灭的光辉”，在我看来，何三坡对这部小说的评价并不为过。

在短篇小说《身体里的巧克力》的结尾，鲁羊借主人公阿蕾之口表白了他之于这个世界的关系：“我不再无话找话了，我就说自己在疼痛，在生活，没有其他。”在鲁羊看来，生活、生命本身就是一个疼痛的过程，它们既是疼痛的载体，也是疼痛的表象。孤独是疼，虚无是痛，伤感是疼，绝望是痛，就连温柔也是可以温柔如痛的。

但精神的疼痛会像一首没有结尾的曲子，注定缠绕鲁羊的一生，而且此曲不知从何而来。而写作，无疑是对鲁羊最管用的止疼片。1999年，鲁羊住后宰门，当时墙壁的摆架上有一幅日本作家武者小路实笃的毛笔书法，翻译成汉语的意思是“此路之外，别无生路，我走这条路”。

2015年年底，南京市启动了第一期“青春文学人才计划”项目，来自美国西雅图，现为中国当代文学英语杂志*Pathlight*（《路灯》，《人民文学》杂志主办）的编辑总监（Eric Abrahamsen）是其中一位签约翻译家，签约项目即翻译鲁羊的小说作品，便是收录于本书的这三篇佳作。

埃里克·亚伯哈姆森是这样评价鲁羊小说的：好的小说作者，或多或少都是“故土的陌生人”。诗人或许会与一个地方或瞬间发生即刻的共鸣，但小说作者需要跨出他们所处的环境，以看得更清：他们必然是观察者、局外人。占中国当代文学权威或主导的社会现实主义作者也许是社会的“良知”，但像鲁羊这样的作者则是社会的“觉知”。

毫无疑问，本书收录的这三篇，都是鲁羊的代表作，是最好的部分。跟鲁羊说起这个选题时，他比划着手指说：“这些都是笋尖，就那一小截。”我灵机一动，以后应该陆续开发些“笋尖”好书，推出一批当下优秀作家们的最值得存世的读本，并且就叫“笋尖文丛”。我便请罗辑先生刻了一枚名曰“笋尖”的小章，算是正式扯起一面旗帜。

2018年12月22日　于《青春》编辑部